선생 하기 싫은 날

성효샘의 희망과 감동이 있는 교실 스케치

선생 하기 싫은 날

| 김성효 지음 |

테크빌교육

프롤로그
Prologue

일러스트 | 참쌤스쿨 정원상샘

당신이, 그리고 내가 흘린 눈물이 곧 이땅의 희망입니다.

눈물에는 힘이 있다

얼마 전에 세종시에서 300여 명의 선생님들을 만날 기회가 있었습니다. 저는 간단한 제 소개를 마친 후 교사로 살아오면서 겪은 힘들었던 사연 몇 가지를 15분 동안 이야기했습니다. 15분은 사실 '위로'라는 단어 하나를 제대로 설명하기에도 짧은 시간이어서, 사연을 이야기하는 정도로 끝내야 했습니다.

그런데 이 잠깐의 이야기가 끝난 후 많은 선생님들이 제게 다가와 위로가 됐다는 말씀을 해주셨습니다. 심지어 어떤 선생님은 자신이 한 학생의 감정쓰레기통 같은 삶을 살았다고 했습니다. 그래서 제 힘들었던 시절의 이야기가 따뜻한 위로가 됐다는 겁니다. 그런 이들의 이야기를 들을 때면 가슴이 먹먹해집니다. '우리에겐 위로가 필요하다', 이 한 문장 외에는 떠오르는 게 없습니다. 문득, 묻고 싶어졌습니다.

교사에게 위로란 과연 무엇일까요?

교사는 교실에서 작은 사회를 만들어가고, 또 다른 하나의 세상을 만납니다. 아이들이 울고 웃는 순간, 학부모의 격려나 요구, 혹은 동료 교사나 학교 관리자라고 불리는 이들과의 크고 작은 부딪침과 관계, 이 모든 순간이 쌓여 교사의 삶이 됩니다. 학교에서의 시간이 쌓이고 쌓여 누군가의 인생이 된다고 생각하면 학교라는 공간이 결코 작게만 보이지 않습니다. 지금 이 순간도 학교는 누군가에게는 몹시 치열한 전쟁터이고, 또 누군가에게는 숨고 싶은 구멍이고, 또 누군가에게는 기쁨이자 행복일 것입니다.

저는 교사로 17년을 살았습니다.
인생의 절반에 가까운 삶을 교실에서 지내면서 때로는 며칠을 끙끙 앓아가며 누군가의 비난을 견뎌야 했고, 때로는 아이들 문제로 밤잠을 설쳐가며 고민하기도 했습니다. 학부모가 찾아와 소란을 피운 적도 있고, 옆 반 선생님과 관계가 껄끄러워 마주할 때마다 어색함에 말없이 입술만 깨물던 때도 있었습니다. 그 중 가장 못 견디게 힘들었던 것은 다른 사람들은 다 괜찮은데 나만 그렇지 못하다고 느껴질 때였습니다.

그런데 시간이 흐르면서 아주 천천히 제 주변이 보이기 시작했습니다. 교단에서 고단함을 겪는 이들이 보였고, 나 말고 다른 이들이 하는 실수도 보였습니다. 다른 이들도 비슷한 과정을 거쳐 성숙해가고 있었습니다. 그제야 이해할 수 있었습니다. 내가 누군가에게 어떤 도움을 줄 수 있다면 그것은 내가 겪어본 딱 그만큼의 고민과 실수와 웃음일 것이라는 사실을.

넘어져 본 사람만이 넘어졌을 때 얼마나 아픈지 알 수 있습니다. 부당한 비난을 견디어 본 사람만이 부당한 비난 앞에 서 있는 다른 이의 고통을 이해할 수 있습니다. 우리가 다른 교사의 고민을 이해할 수 있는 것 역시 우리가 똑같이 교사의 삶을 살아가고 있기 때문입니다. 그런 우리가 서로에게 괜찮냐 물어봐주지 않는다면 과연 누가 그렇게 물어봐줄까요.

세종시에서의 그날, 저에게 '선생님을 안아드리고 싶다' 이야기한 몇 분이 있었습니다. 그들은 저를 꼬옥 안아주었고, 어깨를 두드려주었습니다. 그 손길이 참 따스했습니다. 그런 손길이 바로 위로이겠지요. 제가 그날 선생님들의 가슴에 맺힌 응어리들을 어루만진 것 또한 위로일 것이고요.

이 책이 누군가에게 그런 위로가 되었으면 좋겠습니다.

'별을 마주하다'에서는 별처럼 빛나는 아이들을 만나던 순간을 적었습니다. 실수에 대한 이야기가 많아서 조금 부끄럽기도 하지만 아마 교사라면 누구나 비슷한 실수들을 하셨을 것이라고 믿으면서 세상에 내어놓습니다.

'교사의 상처는 노랗다'는 상흔傷痕에 대해 생각하면서 썼습니다. 도벽부터 왕따까지 교사가 겪는 교실 속 고민들에 대한 이야기입니다. 시간이 흐른 다음 들여다보면 노르스름하게 상처의 흔적이 남아있듯이 교사가 겪는 크고 작은 사건들도 그러할 것이라고 생각합니다. 비슷한 고민을 하고 계시는 이들에게 토닥이는 손길이 되기를 기대하면서 적었습니다.

'꿈에 물들다'는 제가 생각하는 가르침과 배움, 그리고 관계에 대해 썼습니다. 교실에서의 관계 맺기가 곧 교육이라는 이야기를 해보고 싶었습니다. 사람과 사람이 만나는 순간 교육은 시작된다고 믿습니다.

'다시, 길 위에 서다'는 그러고도 남은 제 개인적인 삶에 대한 이야기를 적었습니다. 교사가 아닌 삶, 즉 작가, 엄마, 딸, 아내 같은 소소한 일상에 대한 이야기입니다. 지극히 개인적인 이야기지만 누구나 부모이고, 자식이고, 아내나 남편일 것이기 때문입니다.

그동안 멘토링 시리즈 세 권(《학급경영멘토링》, 《기적의 수업멘토링》, 《행복한 진로교육멘토링》)을 펴내면서 마음 한편으로는 멘토링 밖의 우리 교실 이야기를 가공하지 않은 날 것의 느낌 그대로 적어보고 싶었습니다. 그래서 이번 책에서는 교사, 학부모, 학생, 혹은 교대에 다니는 대학생까지 그 누가 읽어도 교사의 삶을 오롯이 느낄 수 있도록 더하거나 빼지 않고 진솔하게 쓰기 위해 노력했습니다. 책에 나오는 학생 이름은 전부 가명이며, 독자의 이해를 돕기 위해 각색한 이야기도 있지만 대부분 실제 있었던 일을 그대로 적었습니다.

책을 쓰면서 교사로서의 제 삶을 다시 한 번 촘촘하게 돌아볼 수 있었고, 마음 아팠던 오래 묵은 기억 또한 글을 쓰는 동안 자연스럽게 치유되었습니다.

이 책을 한 단어로 줄인다면, 바로 '눈물'입니다.

17년을 교사로 살아온 이의 기쁨, 슬픔, 외로움, 분노, 안타까움,

그리움, 그 모든 삶이 녹아있는 단 한 방울의 눈물.

눈물에는 힘이 있습니다.
함께 울어주는 이에게는 희망이 있습니다.
아이들 웃음소리에 얼굴빛이 밝아지는 마음결 고운 당신에게,
오늘도 운동장에서 땀 흘리며 아이들과 같이 뛰었을 당신에게,
다른 이의 어깨에 힘내라고 응원을 보내는 착한 당신에게,
이 책을 바칩니다.

당신이, 그리고 내가 흘린 눈물이
곧 이 땅의 희망입니다.

2015년 9월, 눈물 한 방울과 함께
성효샘 씀

· 01 ·

별을 마주하다

일러스트 | 참쌤스쿨 김차명샘

교사로서 아이들에게 줄 수 있는 것보다
아이들이 교사에게 주는 것이 훨씬 크고 아름답다.

17년 전 첫눈이 오던 날, 나는 사표를 썼다.

새내기 교사로서 학년말 방학을 불과 20여 일 남겨놓은 즈음이었다.

아이들 모르게 교무실에서 자필로 사직서를 쓰던 손이 덜덜덜 떨렸다.

첫사랑, 첫눈
그리고…

1년 중 가장 아름다운 하루를 꼽으라면 아마도 첫눈 오는 날이 아닐까. 사람들은 이날, 아름다운 것들을 약속한다. 10년 후에 다시 만나자는 약속도, 영원히 변치 말자는 다짐도, 첫눈 오는 날 하면 왠지 다 이루어질 것 같이 애틋하고 뜨겁다. 나는 첫눈 오는 날, 첫사랑과 헤어지면서 다시 만나자는 약속을 했다. 약속은 지금까지 이루어지지 않았다. 그렇지만 언젠가 약속이 이루어지는 날도 올 것이라고 기대해본다.

17년 전 첫눈 오는 날, 나는 사표를 썼다. 새내기 교사로서 학년 말 방학을 불과 20여 일 남겨놓은 즈음이었다. 아이들 모르게 교무실에서 자필로 사직서를 쓰던 손이 덜덜덜 떨렸다. 충남에서 전북

으로 학교를 옮기는 가장 쉬운 방법이었다. 그렇지만 두고두고 오래도록 마음 아플 줄 알았다면 그렇게 떠나지는 않았을 것이다. 나는 내가 그 아이들을, 나의 교실을, 가르치는 일을, 얼마나 사랑했는지 잘 몰랐다.

그 아이들은 내게 첫사랑이었다. '선생님'이라는 세상에서 가장 듣기 좋은 호칭을 끝없이 들려주었고, 엄마보다 더 사랑받는 선생님이 되기 위해 고민하는 밤을 만들어주었다. 그렇다. 고백하건대, 나는 그 아이들을 온 마음을 다해 사랑했다.

떠나기 전, 교실에서 아이들에게 마지막 인사를 했다. 누가 가르쳐주지 않았는데도 아이들이 한 줄로 서서 내 손을 가볍게 쥐었다가 놓았다. 악수는 그렇게 하는 게 아닌데, 중얼거렸지만 입 밖으로 말이 되어 나오지 못했다. 자꾸 눈물이 날 것 같아서 입술을 깨물고 또 깨물었다. "보러 올게. 다시 만나자." 떨리는 목소리로 말했다. 그 말에 아이들 몇이 흐느껴 울기 시작했고, 나는 차마 악수를 끝까지 할 수도 없었다.

아이들을 그렇게 교실에 놓고 총총히 나오는 길에, 아침부터 꾸무룩하던 하늘에선 함박눈이 내리기 시작했다. 그 해의 첫눈이었다. 정년이 갑자기 단축되어 교단을 떠나게 된 이들이 수없이 많았던 해였다. 누군가는 슬프게, 또 누군가는 느닷없이 교단을 떠났을 터였다. 그리고 그 자리에 내가 서 있었다. 낯설고 어색했고 한없이 슬펐다.

현관 앞에 멈추어 선 차에서 '부르르릉' 하는 소리가 끝없이 들려왔다. 나를 읍내까지 데려다 줄 차였다. 아이들이 어느 샌가 우르르 몰려나와 내가 떠나는 뒷모습을 지켜보고 있었다. 돌아보지 않는다, 돌아보지 않는다, 수없이 되뇌다가 나는 그만 돌아보았다. 그리고는 보고 말았다.

아이들이 울고 있는 모습을….

내가 그렇게나 사랑했던 아이들이, 코끝이 새빨개지도록 울면서 나를 부르고 있는 모습을….

"선생님, 가지 마요."
"선생님, 사랑해요."
"선생님, 선생님!"
아이들은 합창이라도 하듯이 운동장이 떠나가라 목 놓아 울며 나를 부르고 있었다.

아, 너무나 생생하다. 내가 타고 있던 차를 따라 그 시골학교의 크고 넓은 운동장을 한없이 뛰던 아이들의 빨개진 얼굴과 하늘에서 쏟아지던 하얀 눈과, 차 안에서 흐느끼던 내 어린 모습까지.

머리 위로 쌓이던 첫 눈을 털어내지도 않고 온 몸으로 받아 내던 아이들, 그렇게 첫 사랑 같던 아이들과 헤어져 나는 전북의 교사가 되었다. 그리고 전북에서 만나온 모든 아이들에게 내가 할 수 있는 최선을 다한 사랑과 정성을 기울여 가르치고 또 가르쳤다. 두고 온 아이들에게 마음의 빚을 갚는 심정이었지만, 그건 어떻게 해도 채워질 수 없었다. 본디 빚이란 갚아야 할 대상이 정해져 있는 것이 아니었던가. 나는 두고두고 아팠다. 시간이 흘러도 눈물이 나고, 아이들에게 미안했다.

그런데 몇 년 전에 그 아이들 중 하나가 애기 엄마가 되었다고 전화를 걸어왔다.

"선생님이 그땐 너무 많이 미안했어. 그렇게 떠나서. 다시 만나자고 해놓고 못 가서 미안해."

나는 울먹였다. 정말로 두고두고 미안했고, 내가 아이들에게 상처를 준 것에 대해 죄스러웠다. 그런데 아이는 뜻밖의 말을 했다.

"아니에요. 선생님, 그렇지 않아요. 선생님은 우리에게 최고의 선생님이었어요. 지금도 우리들은 선생님 이야기를 해요. 우리를 정말 많이 사랑해주었다고. 선생님, 우리 꼭 다시 만나요. 그 땐 저희가 먼저 선생님을 안아드릴게요."

아아, 나는 그 말에 그 동안의 긴 아픔을 용서 받는 것 같았다. 그리고 첫눈 오는 날이 더는 아프지 않을 수 있게 되었다.

사람들은 교사가 아이들을 가르친다고 생각한다. 그러나 나는 안다. 교사로서 아이들에게 줄 수 있는 것보다 아이들이 교사에게 주는 것이 훨씬 크고 아름답다는 것을. 마치 오래전 그날의 함박눈처럼 흰 눈이 펑펑 내리는 날이면 나는 온통 하얀 세상 아래 아이들의 재잘대는 소리를 듣는다. 내게는 세상에서 가장 아름다운 것들이다.

'그래. 나는 교사니까 이 아이의 비밀을 지켜줘야 돼.'

입술을 꾹 깨문 채, 손가락을 덜덜 떨며 그 이가 내 손가락 위를 기어올라

다른 손가락 사이로 사라질 때까지 가까스로 참았다.

그런데 언제 다가왔는지 다른 아이 하나가 내 옆에 와서 큰 소리로 외쳤다.

"어, 이다!"

머리에 기어가는
그것은 혹시?

1998년 3월, 충청남도 당진에서 교사의 삶을 시작했다. 작은 시골 학교였다. 전교생이 100여 명 남짓한 작은 학교에서 3학년 아이들 23명을 가르쳤다. 한없이 어리고 미숙했으며, 사회 생활은 물론이고 가르치는 것도 어설프기만 했던 햇병아리 교사였다.

내가 유일하게 잘했던 것은 아이들을 좋아하고 예뻐하는 것이었다. 점심시간이면 아이들을 돌아가면서 한 명씩 업어주곤 했다.

"선생님이 좋아? 엄마가 좋아?"

물어봐서

"엄마가 좋아요."

하면 그게 그렇게 속상해서 눈물을 글썽이기도 했다. 지금 생각 해보면 웃음이 나오지만 그때는 그게 심각한 고민이어서 '어떻게 해야 엄마보다 나를 더 사랑해줄까?' 하고 밤마다 곰곰이 생각하기 도 했다.

한번은 아이 하나가 다쳐서 병원에 갔다. 병원에서 아이의 이마 를 열 바늘을 꿰맸는데 의사선생님이 다 꿰매고는 웃으면서 말하 기를,

"아니, 왜 아이는 안 우는데 선생님이 울어요? 선생님이 엄마라 도 돼요?"

라고 했다. 어느새 내 손에는 식은땀이 흐르고 있고, 눈에는 나 도 모르게 눈물이 흐르고 있었다. 그 모양새가 어찌나 당황스럽던 지.

그랬던 어느 날이었다. 내 무릎 위에는 여자 아이 하나가 앉아있 었다. 그 시절 우리 반에서는 아주 자연스러운 풍경이었다. 아이는 편안한 상태로 그림책을 보고 있고, 나는 아이의 머리를 곱게 땋아 주고 있었다. 그런데 아주 잠깐이었지만 아이의 머리카락 사이로 무언가가 사사삭하고 빠르게 기어가는 것을 보았다. 오랜만에 본 것이었지만 직감할 수 있었다.

그것은 이였다.

순간 온 몸에 소름이 쫙 돋으면서,
'아, 이 아이가 이가 있으면 다른 여자 아이들도 있겠구나.'
하는 생각이 잠깐 새에 머릿속을 스쳤다.

그리고 그런 생각을 하느라 잠깐 멈칫하는 사이에 내 손가락 위
로 이가 기어 올라왔다. 분명 평소 같았으면 소리를 지르고 난리를
쳤을 것이다. 그런데 그렇게 되면 반 아이들이 전부 아이 머리에
이가 있다는 사실을 알게 될 거고, 그러면 이 아이는 창피해질 것

이고 하는 일련의 과정이 머릿속을 스쳐갔다.

'그래. 나는 교사니까 이 아이의 비밀을 지켜줘야 돼.'
라고 생각하면서 입술을 꾹 깨문 채, 손가락을 덜덜 떨며 그 이가 내 손가락 위를 기어올라 다른 손가락 사이로 사라질 때까지 가까스로 참았다.

그런데 언제 다가왔는지 다른 아이 하나가 내 옆에 와서 큰 소리로 외쳤다.
"어, 이다!"
그러더니 그 징그럽고 작은 벌레가 스며든 머리카락 사이를 꾹 눌렀다. 그러자 정말 톡 하고 작은 소리가 그 사이에서 터져 나왔다. 나는 그 소리에 더 이상 참지 못하고
"으아아아아!!!"
소리를 지르면서 벌떡 일어나고야 말았다.

순식간에 아이들끼리 머리를 서로 뒤적이더니
"얘도 있어요."
"선생님, 얘도 있어요."
하는 소리가 여기저기서 들려왔다. 그 순간이 너무 당황스러워서 나는 어찌할 바를 몰랐다. 게다가 갑자기 멀쩡하던 내 머리 역

시 어쩌나 가렵던지... 결국 사태는 보건 선생님이 급하게 보건 소식지를 만들어 집으로 보내는 것으로 매듭지어졌다.

몇 년 전 서울의 강남 한복판에 있는 사립초등학교 아이들에게서 이가 유행한다는 신문 기사를 읽은 적이 있다. '그렇게 아이들 교육에 관심도 많고 잘 사는 동네에서도 같은 문제로 고생하는구나' 생각했다. 시골이나 도시나 할 것 없이, 아이들이란 원래 그렇게 뜻밖의 문제로 어른을 놀라게 하는 재주가 있는 게 아닐까 싶기도 하다.

나 역시 지금 같으면 미리 지도하고, 살피고, 관심 가졌을 것을 그때는 아이들을 그렇게 좋아하면서도 머릿속에 이가 있는 줄도 몰랐으니, 참으로 사랑에만 눈 먼 교사였다. 그 시절 내 무릎 위에서 놀던 아이들은 이제 어른이 되었고, 아기 엄마가 되기도 했다. 그 아이들도 이가 자신의 머리를 돌아다녔던 일을 기억할까? 가끔 생각해본다.

아이가 다가가서 사물함을 여는데, '어라?'

사물함이 깔끔했다. 이상했다.

분명 표정을 봐서는 사물함이 수상한데, 막상 열어보니 아니었다.

그런데 그때 순간적으로 아이들 몇이 안도의 한숨을 내쉬는 것을 보고 말았다.

"선생님은 다 알아.
너희들 눈빛만 봐도"

일요일 저녁이면 개그 프로그램을 본다. 하하하 웃다보면 일요일이 다 가는 소리가 들려온다. 직업이 선생인지라 교실 풍경을 코믹하게 그린 코너를 유심히 본다. 그 중 인상 깊었던 말 한 마디, '선생님은 뒤통수에도 눈이 달렸어. 똑바로 해라.' 그 말을 듣다가 나도 모르게 픽 하고 웃음이 나왔다. 어릴 때 나 역시 선생님들에게 가장 자주 듣던 말 중 하나가 '선생님은 너희들 눈동자만 봐도 다 알아.'였다. 재미있는 것은 나도 모르게 종종 아이들에게 같은 말을 하게 된다는 것이다.

"선생님은 너희들 눈빛만 봐도 무슨 생각하는지 다 알 수 있어."

01 • 별을 마주하다

겨우 새내기 티를 벗은 2년차 햇병아리 교사 때 일이다. 나는 툭 하면 아이들에게 진지한 표정으로 말하곤 했다.

"선생님은 척 보면 알 수 있어. 선생님은 너희들 마음이 다 보이거든."

물론 거짓말이었다. 나는 아이들 속마음은커녕 시끌벅적한 우리 반 때문에 늘 곤란했던 옆 반 선생님 표정도 못 읽는 마냥 어린 교사였다.

그때 나는 복식학급의 1~2학년 아이들 7명을 가르쳤었다. 홀수인 7명이 학급의 전부였기에, 아이들이 고무줄놀이를 할 때도, 가면놀이를 할 때도, 심지어는 술래잡기를 할 때도 내가 빠지면 안 됐다. 내가 빠지면 누군가 하나는 짝이 없어서 손가락을 물고 멀뚱히 서있어야 했던 것이다.

하루는 아이들과 '다음날 맑으면 운동장에서 그림자 술래잡기를 하자'고 약속했다. 햇살이 쨍하고 내리쬐는 맑은 다음날 아침, 나를 보면 아이들이 쪼르르 달려와서 운동장에 나가자고 할 줄 알았다.

그런데 교실에 들어서는데 순간, 뭔가 느낌이 이상했다.

'뭐지?'

전혀 감이 오지 않았지만, 뭐랄까. 나 빼고 아이들 모두가 한통속이 된 것 같았다.

아이들이 나하고 눈을 마주치지 않으려고 무척이나 애를 쓰는 것에서 더 묘한 느낌이 전해져 왔다. 도대체 무슨 일인지 통 알 수가 없었다. 물론 교사에겐 이럴 때 써먹을 수 있는 몇 가지 비책이 있긴 하다.

"오늘 숙제 다 해왔어?"
"네. 다 했어요."

'아, 아닌가? 이상하다.'

"일기 다 써왔니?"
"네. 다 써왔어요."

'이것도 아니네. 그럼 뭐지?'

"아참, 오늘은 오랜만에 사물함 검사 한 번 해야겠다. 석민이 사물함 열어봐."
아이 얼굴이 순간 하얘졌다.
'아하, 이거구나. 그럼 그렇지.'
살짝 뿌듯함마저 느껴졌다.

아이가 다가가서 사물함을 여는데, '어라?' 사물함이 깔끔했다. 이상했다. 분명 표정을 봐서는 사물함이 수상한데, 막상 열어보니 아니었다. 그런데 그때 순간적으로 아이들 몇이 안도의 한숨을 내쉬는 것을 보고 말았다.

"재영이 사물함도 열어볼까?"

그렇게 해서 나는 7명 아이들 사물함 중 5개를 열었다. 다섯 번째에서는 아이들 몇의 얼굴이 하얗다 못해 노래지는 것 같았다. 숨기는 게 뭔가 싶은 마음에 잠깐 사이 감정은 불쾌와 쾌 사이를 수십번 오갔다. 결국 나는 늘 쓰던 카드를 꺼내들었다.

"선생님은 다 알고 있어. 너희들 눈빛만 봐도 선생님은 알 수 있거든. 선생님이 몰라서 묻는 거 아니야. 알면서도 묻는 거지."

'몰라서 묻는 거 아니야, 알면서도 묻는 거지.' 이 부분은 특히 힘주어 말했다.
그러자,
"사실은요."
하더니, 한 아이가 일어나서는 마지막 두 개 중 하나의 사물함을 열었다.

이런.

벌컥 열린 사물함에는 새끼 강아지 한 마리가 들어있었다. 새하얀 털이 복슬복슬한 어린 백구였다. 그 순간 아이들 몇이 울음을 터뜨렸고 나는 그대로 할 말을 잃었다. 강아지는 낑낑거리고 있고, 아이들은 울고, 나는 멍하니 그 광경을 보고만 있었다. 며칠 전 집에서 태어난 어린 강아지를 자랑하고 싶었던 아이 하나가 나 몰래 사물함에 숨겨두었던 것이다.

나중에 아이들에게 물으니, 선생님이 갑자기 사물함을 검사한다고 해서 까무러치게 놀랐다고 했다. 선생님이 정말 뭐든 다 알고 있다는 것을 처음 깨달았다고도 했다. 물론 나는 찍었을 뿐이라고는 말하지 않았다. 대신 이렇게 말해주었다.

"그럼, 당연하지. 선생님은 뭐든 다 알고 있거든. 너희들 눈빛만 봐도 알지."

그해 아이들은 선생님 말이라면 팥으로 메주를 쑨다고 해도 믿었다. 덕분에 한 해 정말 편하게 지낼 수 있었다. 돌아보건대 참 순진했던 아이들이다. '요즘 아이들'에게 네 눈빛만 봐도 알아, 하면 그대로 개그가 되진 않을까 싶기도 하다.

그런데 교사로 오랜 시간 아이들 곁에서 지내다보니, 정말로 아이들 눈빛을 보면 속상한지, 기쁜지, 슬픈지, 화난 것인지 알 수 있게 되었다. 그리고 그 뒤에 숨은 한 마디를 시간이 한참 흐른 지금에야 깨닫는다.

"왜냐하면 너희들을 사랑하니까."

사랑하니까 그 마음을 헤아리게 되고, 사랑하니까 궁금하고, 사랑하니까 안타깝다. 그러니 어쩌면 선생님들이 오래전부터 해온 눈빛만 봐도 안다는 말은 어쩌면 아이들을 향한 고백이었을지도 모르겠다.
"사랑한다. 내 아이들아. 그래서 그 마음을 들여다보고 있단다."
하는 고백 말이다.

또 한참 문자가 오갔다.

매일 저녁 같은 식으로 H와 문자를 주고받았다.

짧은 문장으로 묻고 답하는 정도였는데,

이 짧은 대화에 나도 모르게 점점 익숙해져갔다.

우리는 그 짧은 문장으로 참 많은 이야기를 나누었다.

그 많던 문자는
어디로 갔을까

열 손가락 깨물면 안 아픈 손가락 없다고 했던가. 부모에게 자식은 다 똑같이 아픈 것이라고. 그렇지만 부모들은 알 것이다. 조금 더 아픈 자식이 있다는 것을 말이다. 교사도 똑같지 않을까. 유난히 마음이 조금 더 쓰이는 아이가 교실에는 있기 마련이다.

어떤 아이는 너무 까칠해서, 또 어떤 아이는 너무 말이 없어서, 또 어떤 아이는 사고를 자주 쳐서, 그리고 또 어떤 아이는 형편이 너무 어려워서…. 한 마디로 누군가의 사랑이 조금 더 필요한 아이들. 나는 그런 아이들을 만나면 내가 해줄 수 있는 최선을 다해 아이 곁에 함께했다.

H는 6학년 시작하는 첫 날부터 사고를 쳤다. 점심시간에 강당에서 놀다가 벽에 걸린 커다란 전자시계를 깬 것이다. 하나에 30만 원짜리였다. H를 불러서 어떻게 할 거냐고 물어보니 자신이 알아서 할 수 있다고 말했다. 그럼 네가 알아서 해결하라고 했더니, H는 정말 다음 날 시계를 사다 걸었다. 언제 그랬냐는 듯 아무렇지 않게 노는 모습을 보니 만만치 않겠구나 싶었다.

H는 어느 날에는 복도에 있는 액자를 깨고, 또 어느 날은 반에 있는 친구와 치고 박고 싸웠다. 화가 나면 자신도 모르게 욱 해서 그렇게 된다고 태연하게 말하는 모습에 한숨이 저절로 나왔다. 이 아이를 어쩌지, 싶었다. 그런 H가 어느 날인가는 손에 붕대를 감고 왔다. 집에 있는 베란다 유리를 깼다는 것이다. 어머니와 싸우다가 화가 나서 베란다를 주먹으로 쳤는데, 그게 그만 깨져버렸다고 했다.

아이는 문제아라고 어른이 믿는 순간 문제아가 된다. 나는 H를 품고 가기로 마음먹었다. H와 친해질 방법을 찾았다. 폴더 폰이 한창일 때였다. 휴대전화 번호를 가르쳐달라고 했다. 저녁에 H에게 문자를 한 통 보냈다.

"뭐 해?"

01 • 별을 마주하다

금방 답이 왔다.

"그냥 있어요. 쌤은요?"

단답형이었다. 아, 요새 아이들은 이런 답을 하는구나 싶었다.
딱히 할 말이 없어서 숙제를 물었다.

"나도 그냥 있어. 수학 숙제는 했어?"

"했어요. 어려워요."

이렇게 몇 마디가 오고갔다. 다음 날은 H에게서 먼저 문자가 왔
다.

"쌤, 제가 비밀 하나 알려드릴까요?"

"선생님이라고 부르면."

"알았어요. 선생님. 비밀 하나 알려드릴까요?"

"응. 말해봐."

"제가 누구 좋아하게요?"

피식, 웃음이 나왔다.

"너 S 좋아하잖아."

H가 S를 좋아한다는 것은 6학년 전체가 다 아는 이야기였다.

"아, 아닌데…."

"뭐가 아니야. 맞잖아."

"아니에요."

이렇게 해서 또 한참 문자가 오갔다. 매일 저녁 같은 식으로 H와 문자를 주고받았다. 짧은 문장으로 묻고 답하는 정도였는데, 이 짧은 대화에 나도 모르게 점점 익숙해져갔다. H와 나는 그 짧은 문장으로 참 많은 이야기를 나누었다.

예를 들면,

"선생님 뭐 해요?"

"책 읽어."

"무슨 책인데요?"

"있어. 어른들 읽는 거."

"어른들은 무슨 책을 읽어요?"

"소설도 읽고 시도 읽고."

01・별을 마주하다

"그렇구나. 재밌어요?"

"응."

…이런 대화들.

"선생님, 저 오늘 S랑 깨졌어요."

"네가 언제는 S랑 사귀었냐?"

"아이 참. 선생님까지 왜 그래요."

"알았어. 미안해. 그래서 속상했어?"

"네."

"안됐다. 근데 다른 여자애 또 좋아할 거잖아."

"아직은 아니에요."

"그래. 그냥 맘 편히 잊어버려."

"근데 왜 자꾸 생각나죠?"

"좋아하니까."

"좋아하면 언제까지 생각나요?"

"모르지. 그래도 확실한 건 언젠가는 잊게 된다는 거야."

"아, 그렇구나. 선생님, 안 졸리세요?"

"졸려."

"네. 안녕히 주무세요."

이런 대화들.

문자 내용 모두 별 것 없지만 그때 내가 H와 나눈 대화들은 질풍노도와 같은 사춘기를 보내고 있는 어느 소년이 세상으로 열어놓은 단 하나의 창구였다.

"선생님, 선생님하고는 얘기가 되는데 왜 엄마하고는 안 되죠?"
"엄마잖아."
"그러니까 왜요."
"엄마는 너를 너무 많이 사랑하고 너무 많이 기대하고 너무 많이 아끼니까."
"그럼 선생님은 저를 안 사랑해요?"
"사랑하지. 선생님은 너만 사랑하는 게 아니라 우리 반 모두를 사랑해."
"엄마도 선생님 같으면 좋겠는데…. 매일 싸워요."
"엄마랑 싸우는 게 사춘기야. 괜찮아. 대신 심각한 사고만 치지 마."
"알았어요. 싸우고 그러는 거 안 할게요."
"고마워. 너는 좋은 아이니까 잘 해낼 거야."

H와 나는 매일 시시콜콜한 이야기를 나누었다. 주로 연애나 공부에 대한 고민 상담이었다. 그런 단답형 문지를 주고받나가 한 달에 천 통 가까운 문자를 보낸 때도 있다. 늦은 밤 주고받는 짧은 문

자가 때로는 학교에서의 긴 말보다 훨씬 많은 것을 전해주었다.

사고 친 날에는 오늘은 왜 그랬냐고 문자로 혼내기도 했다. "내일은 잘 할게요, 믿어주세요"라고 말하면 다음날은 진짜 괜찮았다. H의 기분은 파도와 같았다. 하루는 좋았다가 하루는 나빴다가…. 나는 H와 함께 사춘기라는 거센 파도를 헤쳐 나갔다. 졸업하는 날 H의 엄마는 "선생님이 아니었으면…" 하며 내 앞에서 눈물을 흘리셨다. 그리고는 고맙다고 몇 번이나 고개를 숙이셨다. H가 엄마를 많이 닮았다는 걸 그때 처음 알았다.

H가 고3이 되던 겨울, H가 만나자는 문자를 한 통 보내왔다. 만났을 때 H는 밥을 사드리고 싶다고 했다. 내가 8천 원짜리 돈까스를 시키니 H가 말했다.

"선생님, 더 필요한 건 없어요? 선생님 맛있는 거 많이 사드리고 싶어요."

나도 모르게 웃음이 나오면서 한편으로는 가슴이 뭉클했다. 아이가 어느새 이렇게 훌쩍 컸나 싶었다.

"괜찮아. 선생님은 이 정도면 충분히 만족하고 행복해. 학교는 결정했니?"

"네. 저 교대 갈 거예요. 선생님이 되고 싶어요."

"진짜? 너랑 안 어울리는데."

나는 솔직하게 말해주었다.

"하하하. 아닌데. 전 오래전부터 선생님이 되고 싶었어요. 애들 가르칠 때가 정말 재미있고 좋아요. 아직은 점수가 잘 안 나오는데 최선을 다할 거예요. 조금만 더 하면 될 거 같아요. 그리고 꼭 교대 가서 선생님 할 거예요."

H의 생각은 확고했다. 최선을 다해서 좋은 모습 보여주겠다고 약속도 했다. 나는 H가 왠지 해낼 것 같다. 왜냐하면 H가 교사가 되면 잘 해낼 것임을 알기 때문이다. 하루 종일 축구만 했으면 좋 겠다고 투덜대는 남자 아이에게 공부도 해야 한다고 머리를 쓰다 듬어주고, 좋아하는 남자 아이에게 차였다고 우는 여자 아이에게 는 다른 남자도 있으니까 힘내라고 말도 해주고. 혹 그렇게 하는 데도 속을 썩이는 아이를 만나게 되면 문자 천 통 정도는 보내주는 센스도 있지 않을까.

열여덟, 너에게 들려주고 싶은 이야기

너는 어제 말했다. 수능 정시를 봐야 하는데 수학 점수가 나오지 않는다고. 아, 내가 기억하는 너는 수학을 곧잘 했고, 전개도를 1mm의 오차도 없이 그리던 아이인데, 그런 네가 시간이 흘러 수학 점수가 나오지 않아 걱정하는 것을 보면서 샘은 잠시 내가 알던 너를 떠올렸어. 너는 기억할까. 그 시절 나는 6학년이었던 너희들과 한 달이면 천 통 가까운 문자를 주고받았어. 그 많은 문자들 사이에 섞인 너의 잊지 못할 질문 하나.

"선생님도 꿈이 있어요?"

"응."

"왜 어른이 된 다음에도 꿈이 있는 거예요?"

"글쎄…."

"이미 선생님 하고 있잖아요. 근데 왜 지금도 꿈이 있는 건데요?"

"나는 꿈을 꿔. 매일 매일. 나의 십년 후를. 이십 년 후를."

"왜요?"

그랬다. 넌 그 시절 "왜요?"라는 말을 하루에도 수십 번씩 하는 아이였지. 왜라고 네가 물으면 나는 답을 했지. 궁색하게, 혹은 어설프게. 그래서인지 너의 "왜요?"는 1년 내내 끝이 없었어. "공부를 왜 해야 돼요?", "전쟁은 왜 해요?", "선생님은 왜 선생님이 됐어요?" 수업 시간엔 자신 있게 이건 이거고, 저건 저거다, 말하면서도 거듭되는 "왜요?" 몇 번이면 난 할 말이 없어지곤 했지. 그렇게 '왜'라는 질문을 입에 달고 살던 너는 이제 열여덟 살이 되었고, 대학 진학을 고민하는 청소년이 되었고, 어른이 되어가고 있어.

이젠 많은 걸 묻지 않고, 왜냐고 궁금해 하지 않는 너. 생각이 깊어지는 것 같아 다행이기도 하고, 한편으로는 세상이 아주 크고 넓다는 걸 보여주고 싶기도 해. 공부가 지금은 전부인 것 같지만, 앞으로 5년만 지나도 다가 아니라, 인생의 한 부분이라는 걸 네 스스로가 보고, 겪게 될 테니까….

"괜찮아. 다 잘 될 거야."

어제도 언제나처럼 난 짧게 답했지만, 해주고 싶었던 말은 더 있었어.

('네가 마음먹는다면, 세상은 너에게 길을 연다. 잠자는 숲속의 공주를 가시 숲이 둘러싸고 있다가 시간이 흐른 다음 스스로 길을 열어 왕자를 맞아 주었듯이, 절실한 꿈이 있는 사람에게 세상은, 그 길을 가는 것을 허락하거든'이란 말.)

그래. 지금 고민이 많은 넌 아마, 멋진 어른이 될 거야. 샘이 늘 응원하고 있을 테니까. ^^

나 혼자서만 한 학기에도 수십 권씩 그런 공문 폴더를 만들어냈다.

학생 수가 적어서 '해당 없음'이라고 보고해야 하는 공문이 하루에도 서너 건이었다.

다른 교사들도 처지는 마찬가지여서 그때 우리들은

공문을 그냥 '공문'이라고 불러본 적이 없다.

대신 '미친 공문', 혹은 '이놈의 공문'이라고 불렀다.

눈물의 쭈꾸미 수업

1998년은 내가 교단에 처음 선 해다. 그해는 대한민국 전체가 1997년부터 시작된 경제위기로 몸살을 앓는 중이었다. 어느 날인가는 대통령 내외가 크고 작은 금붙이를 내놓으면서 '금 모으기 운동'에 동참해달라고 했다. 사회 초년생인 내게도 나라 안팎의 뒤숭숭함이 전해져 왔다. 어딜 가나 가게는 한산했고, 소비가 위축되어 경제가 잘 돌아가지 않는다는 말도 뉴스의 단골 소재였다. 주변을 정리하고 한데 모여서 지구의 종말을 기다리는 사람들이 있는가 하면, 마트에서 라면을 사재기하는 사람도 있었다.

많은 사람들이 구조조정과 정리해고로 직장을 잃었다. 크고 작은 기업들이 줄줄이 부도를 냈다. 한강에 뛰어내리는 이, 자식들

01 • 별을 마주하다

과 함께 연탄을 피워놓고 그대로 세상을 떠난 이 등 빚을 목숨으로 대신 갚는 이들도 생겨났다. 기억하기로는 그 전까지만 해도 스스로 목숨을 끊는 일은 극도로 심각한 상황에나 있는 드문 일이었지만 그 후로는 그런 소식을 심심치 않게 들어야 했다. 뉴스를 볼 때마다 가슴 속이 밑바닥까지 축축해지는 것 같았다.

교육계도 몸살을 심하게 앓았다. 교육부 장관 이름이 그렇게나 많은 사람들 입에서 오르내리는 것을 본 것도 처음이었다. 비인기 직업이던 교사가 갑작스럽게 인기 직업이 되었으나 갑작스런 정년 단축으로 많은 교사들이 교단을 떠나야했다. 그들의 갑작스러운 빈자리는 '기간제 교사'가 채웠다. 일정한 기간만 교사를 한다니, 이해되지 않는 낯선 단어였다.

그런 까닭에 교원임용고사가 실시된 이후 처음으로 전국 미달 사태가 벌어졌던 해, 바로 1999년 봄이었다. 그 어수선함 속에서 나는 전라북도 부안에서 신규 임용을 다시 받았다. 이번에는 개교 80년을 넘어선 전교생 스물세 명의 작은 학교였다. 복식학급을 담임해야 한다는 것과 폐교 직전이라 학부모들 사이에서도 의견이 분분하다는 말을 동료 교사에게서 들었다.

머리가 하얗게 샌 채 승진을 앞두고 있었던 그는 심드렁하게 말했다.

"폐교가 되고 안 되고는 교사가 참견할 일이 아니고, 교사는 어차피 '잠깐' 있다 갈 사람이니 학부모한테 함부로 '자신의 생각'을 이야기했다가 괜한 분란 만들지 말어."

그 말을 들으면서 머릿속에 수령이 100년이 다 되어가는 거대한 수목의 밑동을 도끼로 찍어내는 사람들의 모습이 그려졌다.

"선생님, 그런데 복식학급이 뭐예요?"

고백하건대, 정말 이렇게 물었다. 아, 교육 현장에 대해 나는 얼마나 무지했던가.

"허허. 복식도 몰라? 두 개 학년을 동시에 가르쳐야 되니 복식이지."

"동시에 두 개 학년을 가르친다고요? 그게 어떻게 가능해요?"

"허 참, 정말 아무 것도 모르는구먼. 교대에서는 뭘 가르치는 거야. 공문은 써봤어? 여긴 열심히 공문 쓰다가 시간 남으면 애들 가르치는 곳이야. 음, 어디 보자. 교무 하면서 3·4학년 담임, 연구 하면서 5·6학년 담임, 과학 하면서 1·2학년 담임, 셋 중에 뭐 할 거야?"

나는 단 1초도 생각하지 않고 대답했다.

"과학하고 1·2학년 담임이요."

그는 기다렸다는 듯 과학, 정보, 영재 등이 적힌 노란 공문폴더
를 한 묶음 넘겨줬다. 지금과 같은 업무관리 시스템이 없던 터라
그 때는 A4로 출력된 공문을 하나하나 세어서 200장이 넘어가면
다음 폴더에 직접 편철해야 했다. 그 학교에서 근무하는 동안 나
혼자서만 한 학기에도 수십 권씩 그런 공문 폴더를 만들어냈다. 학
생 수가 적어서 '해당 없음'이라고 보고해야 하는 공문이 하루에도
서너 건이었다. 다른 교사들도 처지는 마찬가지여서 그때 우리들
은 공문을 그냥 '공문'이라고 불러본 적이 없다. 대신 '미친 공문',
혹은 '이놈의 공문'이라고 불렀다.

"아, 하나 더 있네. 김 선생이 막내니까 친목회도 맡아."

그렇게 해서 친목회 간사 업무를 맡게 됐다. 여기서 간사라는 것
은 회계와 집행 및 운영을 동시에 한다는 뜻이다. 그러나 말이 좋
아서 운영 및 집행이지, 일주일에 한 번씩 먹을 것을 준비하는 게
주된 일이었다. 학교 주사 선생님과 함께 수요일이면 그의 차를 타
고 읍내에 갔다. 닭을 사다가 삶기도 하고, 숭어가 많이 나는 철에
는 시장에 가서 숭어를 회로 떠오기도 했다.

어르신들이 가장 좋아했던 메뉴는 백숙이었다. 그런데 생닭을
큰 솥에 넣고 삶는 게 몹시 싫었다. 기름을 걷어내는 일도 싫었다.

그렇게 한참을 삶으면 냄새가 비려서 다 삶아진 닭은 입에 대기도 싫었다. 닭 삶는 일이 싫어서 고민을 하다가 메뉴를 바꾸자고 건의했다. 그러자 누군가 흔쾌히 말하였다.

"요새 쭈꾸미 좋잖아. 쭈꾸미 먹으면 되지."

속으로 잘 됐다 생각했다. 쭈꾸미는 크기도 작고, 삶는 것도 간단해 보였다. 아닌 게 아니라 쭈꾸미 삶는 일은 정말로 간단했다. 팔팔 끓는 물에 쭈꾸미를 집어넣었다가 '적당한 순간'에 꺼내기만 하면 됐다. 문제는 쭈꾸미 씻기였다. 쭈꾸미는 빨판을 잘 씻지 않으면 펄이 남아 입에서 지걱거린다.

숙직실 바닥에 쭈그리고 앉아서 굵은 소금에 쭈꾸미를 씻다 보면 지나가는 선생님들이 한마디씩 했다.

"그렇게 씻으면 안 깨끗해. 쭈꾸미를 뒤집어서 하나하나 씻어야지."

"더 빡빡 문질러. 소리 날 때까지."

하루는 한 솥 가득 있던 쭈꾸미를 혼자 씻다보니 나도 모르게 짜증이 났다. 이마에 흘러내린 머리카락을 고무장갑 낀 손으로 쓸어 올리다가 손에 들고 있던 쭈꾸미가 바닥에 떨어졌다. 그래서 줍는다는 것이, 그만 벽에 집어던지는 꼴이 돼버렸다.

그런데 이게 벽에 철썩 하고 들러붙었다가 미끄러지는 모양이 어찌나 우습던지. 한 마리를 더 집어던졌다. 또 철썩. 그러느라 옆에 누가 와있는지도 몰랐다.

"아니, 그 귀한 걸 왜 던지는 거야?"

깜짝 놀라 돌아보니 눈이 동그래진 교장 선생님이 서 계셨다. 놀란 나머지 자리에서 벌떡 일어났다.

"김 선생, 무슨 문제 있어?"

"아니, 그게 아니라, 사실은"

"사실은 뭐?"

"저, 사실은… 교장 선생님, 쭈꾸미를 잘 못 씻겠어요."

교장 선생님은 한 손에 쭈꾸미를 들고 있는 나를 물끄러미 보았다. 그리고는 담담하게 한 마디 했다.

"그럼 다른 사람들한테 하라고 하면 되지."

결국은 다른 직원들까지 불러서 같이 쭈꾸미를 씻었다. 하지만 나 혼자 해도 될 것을 여럿 귀찮게 한 것 같아서 마음이 많이 불편했다. 급기야는 쭈꾸미를 삶다가 눈물을 흘리고 말았다.

"성효 샘 마음을 우리가 몰라줬네. 앞으로는 같이 하자."

옆에 있던 유치원 선생님이 밝은 목소리로 말해주었지만 한없이 미안했다.

그날의 쭈꾸미 친목회는 어린 나로서는 '눈물의 쭈꾸미 수업'이었다. 그 시절을 지나면서 내가 배운 것은 '내가 싫은 업무는 남도 싫다는 것이다. 그때 내게 친목회 업무가 그랬던 것처럼 학교에는 누구나 하기 싫고 귀찮은 업무가 있다. 학교 교육과정을 짜는 연구 업무가 그렇고, 따로 점수를 받지 못하면서도 누군가 맡아야 하는 큰 학교의 학년 부장 업무가 그렇다. 학교 문화를 바꿔야 한다고 수없이 이야기하지만 정작 업무를 서로 덜어주려는 노력은 하지 않는다. 왜냐하면 나도 하기 싫고 남도 하기 싫으니까.

그런데 바로 이 나도 싫고 남도 싫다는 것을 마음에 두고, 서로가 서로에게 조금씩만 더 친절해지면 좋겠다. 결국 내가 싫은 것을 남이 할 때는 그 역시 마찬가지로 싫을 것이니 말이다. 쉽게 고개 돌리고 모른 척 하는 사람이 아닌 따뜻하게 챙기고 감싸주는 동료가 된다면, 조직 문화 개선이니 학교 문화 개선 같은 단어도 필요 없게 되지 않을까 생각해본다.

01 · 별을 마주하다

아이들이 고개를 끄덕이는 걸 보자 왠지 뿌듯했다.

"자, 조심해야 돼. 이렇게. 천천히 자르는 거야."

그 순간, 손에 싹 하는 냉기가 스쳐갔다.

그리고 나를 보고 있는 일곱 명의 아이들 얼굴에 경악하는 표정이 떠올랐다.

실수가 나를 키운다

부안에서 복식학급 1, 2학년의 아이들 일곱 명을 가르칠 때였다. 처음으로 복식학급을 맡았을 뿐 아니라 그렇게 적은 수의 학생도 처음이었다. 1학년도, 2학년도 처음이었다. 아이들은 귀엽고 예뻤다. 동화책에서 오려낸 것처럼 예쁘고 사랑스러운 아이들이 선생님, 선생님 부르면서 졸졸졸 따라다녔다. 아이들 입이 그렇게 조그맣고 귀여운지 몰랐다. 앞뒤도 맞지 않는 이야기를 한참을 종알거리다가 입을 삐죽이는 모양까지도 좋았다.

문제는 복식학급을 도대체 어떻게 지도해야 할지 감을 못 잡겠다는 점이었다. 한 쪽 학년을 열심히 가르치다보면 다른 학년이 진도가 나가지 않아서 애 먹기 일쑤였다. 결국 이 학년 수업도 제대

　　　　　　　　　　　　　　　　01 • 별을 마주하다

로 안 되고, 저 학년 수업도 제대로 안 되니 참 힘들었다. 허구한 날 힘들다 소리를 입에 달고 살았다.

그때 학교에 명예퇴직을 하고 기간제 교사를 하고 계시는 나이가 꽤 많으신 여 선생님 한 분이 있었다. 이 선생님은 내가 애 먹고 있을 때마다 지나면서 슬쩍 한 마디씩 툭툭 던지곤 했는데, 그 말이 그렇게 적절할 수 없었다. 나는 발을 동동 구르는 일도 선생님이 몇 마디 하면 '상황 끝'이었다. 참 신기했다.

이를테면 아이들끼리 싸우고 있을 때 나는 화를 버럭 내면서,
"누가 그랬어? 누가 친구하고 싸우래?"
하면서 목소리를 높이는데, 선생님은 아무렇지 않은 표정으로 이렇게 말하는 것이다.
"왜 그러는데? 너부터 얘기해봐."
"그게 누가 어쩌고저쩌고 해서, 어쩌고⋯."
"아니에요. 얘가 나한테 어쩌고저쩌고⋯."
"아이고, 우리 ○○이가 속상해서 그랬구나. 코 한 번 풀고 천천히 말해봐."

이 순간, 어디서 준비했는지 손수건을 하나 꺼내어서는 울고 있는 아이들의 코를 팽, 하고 시원하게 풀어주는 것이다. 그리고서 몇 마

디 묻고 답하면 아이들이 언제 그랬냐는 듯 다시 어깨동무를 하고
자리로 돌아가 놀았다. 그 모습에 그저 탄복할 수밖에 없었다.

한번은 상장을 인쇄하다가 교무실 프린터가 고장 난 적이 있었
다. 당황한 교사들을 보더니 선생님은 책상 속에서 무언가를 꺼내
들었다. 그것은 바로 붓펜! 선생님은 곧바로 상장용지에 상장 문안
文案을 써내려갔다. 다 된 상장을 받아보니 궁서체 15포인트와 정말
흡사했다.
"우리 젊을 때는 누구나 다 이렇게 상장 글씨를 직접 썼어. 이런
건 아무나 다 하는 거였지."
라고 아무렇지 않게 말했다. 젊은 나는 컴퓨터 없이는 할 수 있
는 게 거의 없었는데 말이다.

선생님은 저학년 교사는 꼼꼼해야 한다는 말을 자주 하셨다.
"저학년은 꼼꼼하게 가르쳐야 돼. 하나부터 열까지 다 가르친다
생각해야 돼. 종이 접는 것, 지우개로 지우는 방법, 가위로 종이 오
리는 것까지 다 가르치는 것이지. 꼼꼼하게 잘 가르쳐야 애들이 제
대로 배울 수 있어. 어릴 때 잘 배우는 것이 얼마나 중요한지 몰라.
특히 애들이 교사 글씨를 보고 배우니까 글씨도 바르게 쓰도록 항
상 노력해야 돼."

01 • 별을 마주하다

어느 날 나도 이제부터라도 꼼꼼하게 가르치자는 다짐을 했다. 그리고는 미술 시간에 아이들과 색종이와 가위를 꺼내보라고 했다.

"얘들아. 잘 봐. 먼저 선생님이 하는 이야기를 잘 듣고, 그 다음에 같이 하는 거야."

어제도 그냥 색종이를 오려놓고, 오늘은 느닷없이 선생님이 직접 시범을 보이겠다고 하니 아이들이 의아해했다.

"그냥 우리끼리 알아서 하면 안 돼요?"

"응, 안 돼."

"왜요?"

"왜는, 가위는 정말 위험한 도구거든. 잘못하면 손을 벨 수도 있어."

아이들이 고개를 끄덕이는 걸 보자 왠지 뿌듯했다.

"자, 조심해야 돼. 이렇게. 천천히 자르는 거야."

그 순간, 손에 싹 하는 냉기가 스쳐갔다. 그리고 나를 보고 있는 일곱 명의 아이들 얼굴에 경악하는 표정이 떠올랐다.

"선생님!!!"

"응?"

"손에서 피가 뚝뚝 떨어져요."

"뭐? 으아아."(내가 지른 소리였다)

그제야 손에서 피가 떨어지는 것을 보았다. '얘들아, 조심해야 돼' 하면서 아이들만 보다가 어처구니없게도 그만 내 왼손 약지를 가위로 자른 것이다. 한 아이가 입을 쩍 벌리고는 나를 한참을 보더니 이렇게 말했다.

"선생님, 가위는 정말 위험한 것 같아요."

"……."

또 한 녀석은 이렇게 말했다.

"밴드 갖다드릴까요?"

(응, 이라고 대답하고 싶었지만 입에서는 다른 말이 튀어나왔다.)

"아니, 괜찮아. 하나도 안 아파."

"진짜요? 피 계속 나는데요?"

"하나도 안 아파. 얼른 앉아. 너희들은 색종이 잘라. 안 다치게 조심해서."

아프다기보다는 창피했다.

'아아, 나는 선생님이란 말이야. 애들도 안 다치는데, 어떻게 내가 내 손을 가위로 잘라.'

속으로 어찌나 부끄럽던지.

작은 학교라서 유치원 선생님이 보건 업무를 같이 맡고 있었는데, 유치원 선생님이 구급상자에서 꺼낸 밴드를 힘 있게 감아주며 말하였다.

"힘내요. 성효 샘, 처음에는 누구나 그렇게 실수하는 거예요. 나는 그보다 더한 실수도 많이 했어요."

유치원 선생님은 도교육청에서 주최하는 동화구연대회에 출전하여 1등을 할 정도로 유능한 교사였다. 그런데도 실수를 했다는 말이 솔깃했다. 옆에서 그 선생님도 거들었다.

"맞아. 실수가 사람을 키우는 거야. 실수하지 않고 훌륭한 교사가 될 수는 없어. 애들한테만 괜찮다고 말하지 말고, 교사도 스스로에게 괜찮다고 자꾸 말해줘야 돼. 실수를 통해 교사도 배우니까 말이야."

솔직히 말하면 그 전까지만 해도 '나'에게 실수 따위는 없을 줄 알았다. 실수하고 덤벙대는 것은 내가 아닌 다른 사람의 일이라고 생각했기 때문이다. 실수할 수 있다는 사실을 인정하는 것만으로도 힘들었다. 그래서 다친 손가락보다 아이들 앞에서 실수했던 것이 더 아팠다.

그런데,
실수를 통해 배운다?

그 말이 참 따뜻하게 느껴졌다. '괜찮다, 나도 실수를 통해 하나하나 배워갈 것이다', 생각하니 왠지 기분도 좋아졌다. 나는 그 후로도 두 달인 선생님의 도움을 많이 받았다.

덕분에 실수할까 조마조마하고, 가슴 떨리는 일 역시 없어졌다. 괜찮다, 실수를 통해 배운다라고 생각하면 무슨 일이든 당당하게 할 수 있었다. '실수가 나를 키우는 것이니까 오늘보다 내일이 나으

리라'고 믿을 수 있었기 때문이다. 그렇게 생각하면 지금 이 순간도 삶의 무게가 가벼워진다. 내일은 분명 오늘보다 나은 성효 샘일 것이기 때문에.

회식 자리에서 아이 걱정에 일어나고 싶어도 마음대로 일어날 수 없을 때의 불편함을,

직원 여행 참석자를 셀 때 아이 맡길 곳이 없어서 못 간다고 말해야 하는 순간의

껄끄러움을, 우리 반 아이들은 챙겨도 내 아이는 챙길 수 없어서

어쩔 수 없이 치밀어 오르는 속상함을, 나는 이해한다.

교사의 기본은 바로

국립부설초등학교에서 5년을 지냈다. 그곳에는 근무해본 이들만 알 수 있는 독특한 분위기가 있고, 그곳만의 전혀 다른 문화가 있다. 공립학교와는 정말 많이 다르다. 내가 원하든 원하지 않든 셀 수 없이 많은 수업 공개를 해야 한다. 대충 세어도 일 년에 100번 이상의 수업 공개를 하는 곳이다. 수업 준비를 하고 또 하고 하고 또 할 수밖에 없다.

교육부 지정 상설 연구학교이므로 교육과정이나 교과서를 개정하기에 앞서 이를 적용하는 연구를 한다. 다른 공립학교보다 한 발 앞서 교육과정을 연구하는 것이다. 해마다 주제를 정해 연구하고 그 결과를 발표하는 국립부설초등학교 워크숍도 전국 단위로 함께

치른다. 그밖에도 학교에서 운영하는 행사는 행사대로 완벽하게 치러야 한다.

정신없이 지내다가 한숨 돌릴 만하면 교생이 오는데, 교생이 오면 그날부터는 야근을 밥 먹듯이 하게 된다. 열 시고 열한 시고 교생들의 수업안이 마무리될 때까지는 집에 갈 수도 없다. 그렇게 백여 명의 교생을 5년 동안 지도했고, 그들 모두 이 땅 어디선가 교사로 근무하고 있다.

5년 동안 8시 이전에 출근했고, 정해진 퇴근 시간이 없이 일했다. 아침이면 아이를 맡기기 위해 유치원 문을 열어줄 선생님을 기다렸다. 팔에 매달려 안 떨어지는 아이를 아무도 없는 빈 유치원에 억지로 밀어 넣고 돌아서면 내 눈에도 눈물이 그렁그렁했다. 퇴근하고 유치원으로 달려가면 안에서는 우리 아이만 혼자 남아 손을 빨다가 잠들어 있었다. 유치원에 가장 빨리 가서 가장 늦게까지 남아있는 아이가 바로 내 아이였다.

그래서 나는 '일하는 엄마'의 마음을 잘 안다. 회식 자리에서 아이 걱정에 일어나고 싶어도 마음대로 일어날 수 없을 때의 불편함을, 직원 여행 참석자를 셀 때 아이 맡길 곳이 없어서 못 간다고 말해야 하는 순간의 껄끄러움을, 우리 반 아이들은 챙겨도 내 아이는 챙길 수 없어서 어쩔 수 없이 치밀어 오르는 속상함을, 나는 이해한다. 내가 그렇게 살아왔고, 지금도 일하는 엄마로 살아가고 있기 때문이다.

다만 거기서는 나뿐 아니라 모든 교사가 그렇게 살았기 때문에 힘들다는 투정조차 쉽게 부릴 수 없었다. 아마 지금 이 순간에도 전국의 국립부설초등학교 교사들은 내가 지나왔던 그 길을 묵묵히 걷고 있을 것이다. 돌아보면 너무나 힘들었지만, 그만큼 교사로서는 철저한 연단鍊鍛의 시간이었다.

5년 동안 기뻤던 일, 슬펐던 일, 화났던 일 등등 희노애락이 모두 있지만, 가장 기억에 남는 것은 첫 해 전국 부설초등학교 연합 워크숍이 열렸던 날의 일이다. 국립부설초등학교에서는 이 워크숍이 매우 중요한 행사다. 워크숍 주제에 대해 몇 달 전부터 모든 교사가 공동으로 연구하는데, 사전에 프레젠테이션 연습은 물론이고 발표 내용을 다듬고 또 다듬는다. 그렇게 공들여 준비하는 만큼 워크숍에 소속 학교의 자존심이 걸려있다고 해도 틀린 말이 아니다.

워크숍 당일 학교에서의 출발 시각이 새벽 6시였다. 중요한 행사라는 말을 하도 많이 들어 어찌나 긴장했는지 몇 번이고 자다 깨다를 반복하다가 그만 새벽 네 시 반에서야 제대로 잠이 들고 말았다. 그것도 아주 푹…. 알람 소리도 못 들을 정도로 깊이 자다가 남편이 깨워서 벌떡 일어나보니, 이럴 수가, 시계를 확인하자마자 눈물이 저절로 핑 돌았다. 여섯 시였다.

"아아악! 어떡해. 여섯 시야. 여섯 시."

양치고 뭐고 얼굴에 물을 묻히는 둥 마는 둥 하면서 가방을 둘러매는데 전화가 다급하게 울려대기 시작했다. 휴대전화 시계로 정확히 6시 2분이었다. 걱정이 된 학년 부장 선생님이 전화를 한 것이었다.

"김성효 샘, 지금 어디예요?"
"아, 그게 저, 지금, 아, 네, 택시를 타야 하는데, 택시가….."
그 순간 나는 얼굴에선 물이 뚝뚝 떨어지고, 머리는 풀어헤친 채로 아파트 앞을 달려가고 있었다.
"그래요. 알았어요."

콜택시가 없던 시절이었다. 이른 시간이라 도로가 한산했다. 택시는 잡히지 않았다. 6시 5분. 다시 전화가 울렸다. 학년부장 선생님이었다.
"지금 어디예요?"

"아, 저, 죄송해요. 지금 도로에 서있긴 한데요. 택시가 안 와서."

"하⋯⋯. (깊은 한숨 소리) 그래요. 알겠어요. 조심해서 와요."

조심해서 오라고는 했지만, 부장 선생님 목소리는 나보다 더 절박했다. 어떤 상황일지 머릿속에서 영화처럼 펼쳐졌다. 거짓말 하나도 안 보태고, 마음이 다 타버리는 것 같았다. 나는 학교에서 가장 막내였다. 위계질서가 철저하다 못해 '군대'라고 소문난 학교에서 막내 중에 막내가 그 중요한 행사에 늦다니. 군대에서 이등병이 유격훈련에 지각한 것과 똑같은 상황이다. 아아, 어떡해. 발을 동동 굴렀다. 곧 다시 전화가 걸려왔다.

"김성효 샘, 아직 택시 못 탔지요?"

"네, 어떡해요."

"음, 그게(학년부장선생님이 잠시 머뭇거렸다) 음⋯⋯. 김성효 샘은 그냥 버스 타고 오세요."

"네? 버스요?"

"우리는 지금 출발해야 하니까 버스를 타고 오는 게 좋겠어요."

"네? 그러면 저는 어떻게 가나요? 아, 아니에요. 알겠습니다."

"그래요. 무리하지 말고 천천히 조심해서 와요."

언뜻 시계를 보니 6시 10분이었다. 전화를 끊는데, 그 순간 느껴지던 황망함이란.

집으로 다시 들어갔다. 현관에 들어서는 나를 보자 남편의 눈이 휘둥그레졌다.

"뭐야, 왜 돌아왔어? 워크숍 간다고 했잖아."

"그게. 다른 사람들은 다 갔어. 혼자 버스 타고 오래."

"뭐? 그래서 다시 와?"

"응."

머리도 빗고, 양치도 하고, 밥도 먹고 다시 누웠다.

'에라, 모르겠다. 어차피 늦었으니까 그냥 천천히 가자.'

그러나 가서 얼굴을 마주 봐야 하는 층층시하 선배 선생님들과 교장, 교감선생님, 그리고 나 때문에 한참 야단맞았을 학년 부장 선생님까지, 그 얼굴이 아른거려서 도저히 마음이 편할 수 없었다. 어찌어찌해서 버스를 타고 워크숍이 열리는 곳까지 찾아갔다. 버스 안에서 한숨을 삼백 번은 쉬지 않았을까.

그날 내가 얻은 교훈은 어떤 행사든 전날은 일찍 자야 한다는 것이다. 그리고 무슨 일이 있어도 지각은 절대 안 된다는 것이다. 그날 나를 보자마자 교장 선생님이 나에게 해주셨던 말씀은 딱 한 마디였다. 가슴에 얼마나 깊이 새겨졌을지는 상상에 맡긴다.

01 · 별을 마주하다

"시간을 잘 지키는 것은 교사의 기본 중의 기본이지."

선생 하기 싫은 날

·02·

교사의 상처는
노랗다

일러스트 | 참쌤스쿨 이인지샘

이제는 서로가 서로의 상처를 끌어안아주면 좋겠다.
우리는 교사니까.

'교사의 상처를 누가 보듬을 것인가'를, 나는 자주 생각한다.

교육청이? 학교 관리자가? 아니다.

그건 우리 교사들이 서로 끌어안고 보듬어야 하는 우리 모두의 상처다.

내가 겪어본 가장 큰 상처 치유 방법은

같은 상처를 가진 이들끼리 서로의 상처를 내어놓고 어루만져주는 것이었다.

선생 하기 싫은 날

작년 여름 인천에서 진로교육 강의를 할 기회가 있었다. 연수를 희망한 100여명의 선생님들 모두 강의에 집중해주셨다. 강의를 끝마칠 때쯤, 선생님 한 분이 이렇게 물어보셨다.

02 • 교사의 상처는 노랗다

"진로교육을 위해 교사도 꿈을 가지라고 말씀해주셨잖아요. 성효 샘의 꿈은 무엇인가요?"

잠깐 당혹스러웠다. 숨을 가다듬고 오래된 이야기 하나를 들려드렸다. 오래 전 일이다. 10년도 훨씬 넘게 지난, 그러나 너무나 생생한….

반 아이 하나가 크게 다쳤다. 방과 후에 철봉을 연습하다가 남자 아이 어깨에 걸려 여자 아이가 바닥으로 떨어지면서 다치게 된 일이었는데, 다친 아이는 두 번이나 수술을 해야 했고, 두 달이 넘는 시간을 병원에서 지내야 했다. 겨울 방학을 한 달 앞두고 벌어진 일에 마치 100미터를 전력 질주하다가 결승선을 코앞에 두고 넘어진 것 같았다.

양쪽 학부모들은 점점 대화가 거칠어져 갔고, 그 가운데서 담임교사로서 너무나 힘들었다. 지금이라면 분명 얘기가 또 다를 것이다. 그러나 그때의 나는 그저 어린 교사였다. 학부모에게 '같이 고민해 보자'라고 말 한마디도 제대로 못 건네는 마냥 어린 교사. 많이 외로웠고 정말 많이 울었다.

그때 내 뱃속에는 임신 5주차가 된 첫 아이가 있었다. 하지만 너무

힘들고 지쳐서 나중에는 뱃속의 아이가 잘못되지는 않을까 걱정하
는 지경까지 갔다.

'이렇게 매일 울기만 해서는 안 되는데, 어떻게든 힘을 내야 하는
데….'

생각했지만 도저히 힘이 나지 않았다. 집에 가도 우울했고, 학교에
서 아이들을 가르치고 있어도 전혀 즐겁지 않았다.

간신히 졸업을 시켰다. 졸업과 동시에 학부모들의 다툼은 거짓말처
럼 끝이 났다. 그러나 나는 이미 가슴에 깊은 상처를 입은 뒤였다.
악몽에 시달렸고, 전화벨이 울리면 식은땀이 흘렀다.

그때 나를 가장 크게 상처 입혔던 것은,
"선생님 뱃속의 아이가 잘못돼도 그거 내 잘못 아니요."
라는 한 학부모의 말이었다. 그 차가운 말이 떠오를 때면, 나는 길
을 가다가도 주저앉아서 울곤 했다. 십 년이 훨씬 지난 지금도 난
그 말이 여전히 아프다.

날선 비수 같은 말이 가슴에 꽂힌 뒤로 나는 달라졌다. 언제부턴가
낯선 사람을 학교 복도에서 마주치면 가슴이 두근거리고 손바닥에
땀이 뺐다. 사람이 무서웠다. 혼자 있고 싶었고, 그저 고단하기만
했다. 쉬고 싶었다. 아이들을 가르치는 게 지겹다는 생각을 처음 해

보았다. 이미 교단에서 내 마음은 떠나 있었다.

아이를 낳은 다음 두 번 생각하지 않고 바로 육아휴직을 신청했다. 1년 반 동안 집에서 아기만 키우면서 살았다. 어린 딸아이가 나에게 유일한 안식처가 되어주었다. 그때 내게 딸이 없었다면 어땠을까. 아마 나는 외롭고 슬퍼서 그 시간을 못 견뎠을 것이다.

지금도 가끔 딸아이를 보고 아무 이유 없이 눈물이 핑 돌 때가 있다. 힘든 시기 잘 견뎌 세상에 태어나 준 딸아이에게 아무 이유 없이 감사한 것이다. 딸아이는 내게 감사함만 준 것이 아니었다. 아이를 키우면서 나는 그 학부모들을 이해하게 됐다. 그들을 자식 일에 열을 낸 평범한 부모였을 뿐이라고 생각하게 된 것이다.

이 일은 교사로서의 나의 삶에 터닝 포인트가 됐다. 아이들을 대할 때 내가 정말 엄마의 마음이었을까 생각하게 됐고 나 역시 누군가가 곤경에 처했을 때 외면하는 사람은 아니었는지 돌아보게 됐다. 정말 많이 생각하고 또 생각했다. 나 같은 사람이 없었으면 하고 바랐다. 그렇게 상처받고 교단에서 마음이 떠날 교사들이 생겨나지 않기를 진심으로 기도했다.

그 후로 줄곧 나는 어린 후배 교사의 손을 잡아주는 선배가 되고 싶었다. 다른 누구도 아닌 상처받고 우는 교사들의 손을 따뜻하게 잡아주는 선배가 되어서 힘내라고 말해주고 싶었다. 그게 바로 내 꿈이다. 그래서 지금도 나는 그 꿈을 위해 책을 쓰고, 강의를 하고, 일을 하고, 사람을 만난다. 왜냐하면 그들이 흘릴 눈물의 깊이를 내가 너무나 잘 알고 있기 때문이다.

이야기를 마쳤을 때 많은 이들이 울고 있었다. 눈물을 닦으면서 고개를 끄덕여주던 선생님들의 모습이 너무나 생생하다. 내 이야기에 위로를 받은 이들도 많았고, 그들의 눈물에 나 역시 큰 위로를 얻었다. 그 순간 우리는 서로의 삶에 공감했다고 생각한다. 처음 보는 사람이지만 교사로서 서로의 삶에 깊은 공감과 위로를 느낀 것이다.

교사의 상처를 누가 보듬을 것인가, 나는 자주 생각한다. 교육청이? 학교 관리자가? 아니다. 그건 우리 교사들이 서로 끌어안고 보듬어야 하는 우리 모두의 상처다. 내가 겪어본 가장 큰 상처 치유 방법은 바로 같은 상처를 가진 이들끼리 서로의 상처를 내어놓고 어루만져주는 것이었다.

교사가 교사의 삶에 관심을 가지고 서로의 생각을 나누고 그 경험을 이야기할 수 있는 것, 나는 그것이야말로 교사의 상처를 보듬어 안는 가장 좋은 방법이라고 믿는다. 그것은 누군가 제 3자를 위한 것만은 아닐 것이다. 서로를 위로하고 격려하는 것은 어쩌면 나 자신을 위한 가장 좋은 위로의 방법이지 않을까. 마치 다른 사람을 돕기 위해 봉사활동을 하러 간 사람이 오히려 마음의 위안을 얻듯이.

교사라면 누구나 '선생 하기 싫은 날'이 있다. 회사원이 회사에 가기 싫고, 학생들이 학교에 가기 싫은 날이 있듯이 교사도 그렇다. 그렇지만 입 밖으로 차마 꺼내기도 어려운 게 바로 선생 하기 싫은 날 아닐까. 너무 아프고 외로우니까 말이다.

지금 이 순간부터라도, 서로가 서로의 상처를 끌어안아주면 좋겠다. 울지 말라고 눈물을 닦아주었으면 좋겠다. 힘내라고 어깨를 두드려주면 좋겠다.

우리는 교사니까.

아침부터 싸우고 있는 아이, 책을 집어 던지면서 노는 아이, 엎드려 자는 아이,

게임 이야기를 하면서 욕을 형용사처럼 쓰고 있는 아이….

그 모습을 멍하니 보다가 내 손에 들린 일기장을 내려다보았다.

일기장이 말하고 있는 것 같았다.

"넌 올해 완벽하게 실패했어."

가시 박힌 일기장

2000년, 뭔가 대단한 일이 벌어질 것 같았지만 세상은 전과 똑같았다. 자동차가 날아다니고 달나라로 수학여행을 갈 것 같았지만, 새로운 세기는 IMF 이후 피폐해진 모습으로 찾아왔다. 나는 도시로 학교를 옮겨 무려 47명의 6학년 아이들을 가르치게 됐다. 한 학년에 열 반 씩 있는 큰 학교였다. 좁은 교실에 빼곡하게 앉아있는 아이들을 보는 것만으로도 마음이 지치곤 했다.

첫날 점심시간은 도저히 밥이 넘어가질 않았다. 식당 여기저기서 아이들이 무질서하게 소리를 지르며 뛰어다니고 있어서 바로 앞에 앉은 아이가 하는 말도 잘 들리지 않았다. 먹는 둥 마는 둥 하고 식당에서 나와 올려다보니 하늘이 찌뿌둥하니 흐려 있었다.

선생 하기 싫은 날

오후에는 직원 협의 시간이 있었다. 80여 명의 교사들이 빽빽하게 앉아 있는 교무실에서 Y2K라는 신종 바이러스가 학교 컴퓨터를 마비시켰다는 소리를 들었다. 자리에서 일어나는데 나도 모르게 끙 하는 신음 소리가 나왔다. 왠지 내 평화롭던 교사의 삶에도 밀레니엄 버그가 찾아온 것 같았다.

아이들은 그 비좁은 교실에서 하루가 멀다 하고 사고를 쳤다.

한 번은 교무실에서 방송으로 급히 찾아 헐레벌떡 뛰어가 보니 우리 반 아이들 여섯이 쭉 늘어서 있었다. 회장, 부회장 등 학급 임원 아이들도 보였다. 교감 선생님이 나를 보자마자 쉬는 시간에 아이들 지도 안 하고 뭐 했냐고 고함을 쳤다. 순간 불쾌함에 머리가 쭈뼛 섰다. 무슨 일이냐고 묻자 그가 말하기를, 아이들이 학교 분리수거함에 들어 있는 유리병을 꺼내어 학교 뒤쪽에 있는 아파트 주차장에 주차된 차에 던졌다고 하는 게 아닌가. 그것도 여럿이서 돌아가면서 수십 병을 던지다가 경찰서로 민원이 들어가서 학교에 전화가 왔다고 했다.

믿기지 않았다. 아이들에게 정말 그랬냐고 물어보니, 정말 그랬다고 했다. 교감선생님 앞에서 입이 열 개라도 할 말이 없었다. 교실로 돌아오는데 눈물이 핑 돌았다. 울지 말아야지 생각했지만 자꾸 눈물이 날 것 같아서 입술을 꽉 깨물었다.

교실 문을 열고 들어서니, 아이들 몇이 얼굴이 벌게진 채 싸우고 있었다. 할 수만 있다면 그 자리를 그대로 떠나버리고 싶었다. 아이들과 나 사이에는 교감이라고는 전혀 없었다. 전에 가르쳤던 시골 학교 아이들이 그리웠다.

그 때 우리 반에는 왕따도 있었다. 동화책에 나오는 것처럼 아름답게 끝나는 이야기라면 얼마나 좋았을까. 그런데 나는 이 문제를 끝까지 해결하지 못 한 채 졸업시켜야 했다. 한 번은 벼르고 있다가 아이들 앞에서 이야기를 꺼냈다. 엄포를 놓고 싶기도 했고, 왕따인 아이 편에서 이야기하고 싶었다. 그래도 선생님이 같은 편이라는 것을 보여주면 아이들이 함부로 못 하지 않을까 싶기도 했다.

"선생님이 보니까 너희들이 지연이에게 대놓고 못 되게 구는 것 같더라. 그렇게 대놓고 따돌리는 것도 나쁘지만 따돌리는 것을 모른 척 하는 것은 더 나빠. 앞으로는 그렇게 하지 않도록 모두 반성해! 또 그러면 그냥 넘어가지 않겠어."

그리고 문제의 다음날이 되었다.

　언제나처럼 아침에 출근하자마자 일기를 검사했다. 47권이나 되는 일기를 전부 검사하려면 아침 시간이 언제나 바빴다. 분주하게 일기 검사를 하던 중에 J의 일기장을 보게 됐다. J는 평소에도 말이 거친 편이었다. 다만 다른 아이들이 워낙 자주 사고를 치고 있어서 그 정도는 문제가 되지 못했다.

　J의 일기는 제목이 없고 '저만 혼자 착한 척 하는 담탱이'로 시작하고 있었다. 처음에는 그게 나를 말하는 것이라고 생각조차 하지 않았다. 학원 선생님 얘기려니 했지만 점점 머릿속이 하얘져갔다. 일기에서 아이가 일관되게 욕하고 있는 한 사람은 바로 나였다!

문장은 뒤로 갈수록 거칠어졌는데, 군데군데 욕이 섞여 있는 것을 보니 가슴이 쿵쾅쿵쾅 뛰기 시작했다. '나쁜 X'은 그나마 가벼운 편이었다. 일기장을 넘기는 손이 부들부들 떨렸다. 대충 훑어보니 무려 6장이나 나를 욕하고 있었다. 처음엔 말할 수 없이 화가 나다가 이내 다섯 장 쯤 읽다보니 마음이 가라앉으면서 한없이 슬퍼졌다. 고작 열 세 살짜리에게 이런 욕이나 들으려고 선생을 하나 싶었다.

고개를 들어 47명의 아이들을 말없이 한참을 보았다. 아침부터 싸우고 있는 아이, 책을 집어 던지면서 노는 아이, 엎드려 자는 아이, 게임 이야기를 하면서 욕을 형용사처럼 쓰고 있는 아이…. 그 모습을 멍하니 보다가 내 손에 들린 일기장을 내려다보았다. 일기장이 말하고 있는 것 같았다.

'넌 올해 완벽하게 실패했어.'

일기장을 품고 복도로 나갔다. 마치 가시라도 박힌 것처럼 일기장을 품은 가슴이 자꾸만 아려왔다. 교실에서 아이들이 큰 소리로 떠들어대는 소리도 더 이상 귓가에 들리지 않았다. 아파트가 높이 솟은 채 푸른 하늘을 가리고 있었다. 이대로 계속해서 선생을 해야 할까 생각하면서 하늘을 올려다보았다. 눈물이 뚝뚝 떨어졌다. 닭고 또 닦아도 자꾸만 눈물이 나서 나는 복도에 선 채 한 시간을 넘게 울었다. 한참을 통곡하듯이 울고 난 다음 다시 교실로 들어가 일기장을 돌려주었다.

일기장을 돌려주는 순간 가슴 속에서 무언가가 툭, 하고 끊어지는 소리가 들렸다. 그것은 그 때 내가 갖고 있던 열정, 희망, 혹은 사랑 그 중 하나였을 것이다. 오랫동안 나는 그 충격에서 벗어나지 못했다.

그건 분명 내가 읽기를 바라고 쓴 글이었다. 그래서 책상에 당당하게 일기장을 올려놓았던 것이다. 아이가 나를 미워한 것 못지않게 나도 아이가 미웠다. 그렇지만 미움 너머에 자리한 감정은 나 자신에 대한 한심함이었다. 그 시절 나는 한없이 미숙하고, 어리고 뜨겁기만 했다. 아이들은 나의 그런 미숙함을 잘 알고 있었고, 나를 슬프게 혹은 때로는 좌절하게 했다. 그렇게 끝없이 아이들에게 시험 당하는 기분으로 1년을 보냈다.

그러나 그 1년의 시간 덕분에 나는 고학년 아이들을 지도하는 데 있어 결정적이라고 할 수 있는 몇 가지 교훈을 얻었다. 이 교훈은 이후 학급 운영을 위한 가장 밑바탕의 철학이 되었다.

첫째, 교사는 옆에서 최선을 다해 돕되, 개입하지 않는 것이 좋다.

교사가 직접 나서면 문제가 바로 해결될 수 있을지도 모른다. 그러나 그것은 아주 잠깐이다. 교사가 보는 데서만 해결된 것처럼 보일 뿐이다. 문제의 진짜 열쇠는 아이들이 쥐고 있기 때문에 아이들 안에서 해결되지 않는 이상 문제는 결코 끝나지 않는다. 교사의 직접 개입은 최소화하되, 늘 곁에서 돕고 있다는 인식을 심어주는 게 중요하다.

둘째, 교사가 부드러우면 강한 아이를 이끌 수 있다.

교사를 시험에 들게 하는 아이를 지도하는 유일한 방법은 교사가 시험에 들지 않는 것뿐이다. 아이를 대하는 마음이 유연해지면 아이가 제아무리 거세게 나와도 그에 휘둘리지 않게 된다. 그래야만 끝까지 아이를 포기하지 않고 지도할 수 있다. 똑같은 방식으로 맞서는 것은 교사와 학생이 똑같아지는 것이다. 역시 문제는 해결되지 않는다. 그럴 수도 있다는 마음을 갖고 대하는 것이 중요하다. 아이니까 얼마든지 그럴 수 있지, 수없이 되뇌고 또 되뇌는 수밖에 없다.

셋째, 아이들과 천천히 깊어지는 것이 오래간다.

교사의 감정을 솔직하게 설명하고 이해를 구하는 것은 아이와 가까워진 다음에야 가능하다. 아이들과 교사가 가까워지면 얼마든지 부드럽게 이해를 구하고 그에 대해 이야기도 나눌 수 있다. 자연스럽게 서로의 감정과 상처에 대해서도 말할 수 있게 된다. 그러나 그 전에 성급하게 다가가면 아이들은 부담스러워 한다. 빨리 친해지고 성급하게 다가가는 것보다 천천히 깊어져서 아이들과 오래도록 따뜻하게 지내는 편이 좋다.

이런 교훈을 얻은 다음에는 고학년 담임을 숱하게 했어도 큰 문제 없이 잘 지냈고, 오히려 고학년 아이들이 편하고 좋았다. 6학년을 담임할 때, 우리 반 아이들이 하도 말을 잘 들어서 같은 학년 동료 선생님들이 우리 반 아이들에게 '김성효교도'라는 별명을 붙여줄 정도였다.

세상에는 공짜로 얻어지는 것은 없다. 좋은 선생님은 아픈 상처를 딛고 일어서는 순간에 태어난다. 내가 그 일기를 읽지 않았더라면 마음은 안 아팠겠지만, 그 이후 만나는 고학년 아이들과 그렇게까지 잘 지내는 것은 불가능했을 것이다. 그래서 혹시 이 글을 읽는 선생님에게 지금 마음 아프게 하는 아이가 있다면 그 아이를 통해 한 단계 더 나아간 자신을 상상하라고 말해주고 싶다.

좋은 학급을 만들어가기 위해서는 반드시 마음속에 자신만의 원칙을 세워두어야 한다. 그리고 자신의 교육철학을 끝없이 다듬어야 한다. 아이들이 싫어하는 방식을 고집해서도 안 되고, 학부모의 이해가 없는 혼자만의 교실을 만들어서도 안 된다. 교실은 교사 혼자 만드는 게 아니라 학부모, 학생과 같이 만들어가는 유기적인 공동체이기 때문이다.

내가 아이들을 바라보는 프레임이 어떤 것이냐에 따라

우리 교실은 훌륭한 아이들이 많은 좋은 교실이 되기도 하고,

그저 그런 평범한 교실이 되기도 하고,

영 아닌 교실이 되기도 했다.

문제는 아이들이 아니라 나였다.

성효샘의 흑역사

　　요즘 일진은 어떤 모습인지 잘 모르겠다. 내가 겪었던 일진은 일명 깻잎머리를 하고 중학교 아이들을 S언니^{Step Sister}로 삼아 패밀리를 맺었다. 앞자리에 앉아 유난히 눈빛이 초롱초롱하게 빛나던 아이, 깔끔하게 앞머리를 올려붙인 그 아이가 바로 우리 반 일진인 S였다.

　　우리 반에는 S를 따르는 여자아이들이 많았다. 그래서인지 보이지 않는 곳에서 나도 모르게 아이들끼리 모의가 이루어지면 그게 조용히 옆 반으로 전파되곤 했다. 다른 반에는 S와 친한 친구들이 많았고, 또 그 아이들을 따르는 무리들이 있었다. 고구마 하나를 캐면 줄줄이 딸려 나오는 것처럼, '학교 짱'이라고 불리는 일진과

그 패거리들은 옆 중학교 아이들까지 아우르며 가족처럼 복잡하게
얽혀 있었다.

　말로만 듣던 학교 폭력, 왕따, 은따, 일진, S언니, 패밀리…. 그런
것들이 내 눈 앞에 현실로 펼쳐져 있었다. 나는 '어떻게 우리 교실
에서 이런 일이!'라고 놀라곤 했지만 놀라운 일은 매일 매일 벌어졌
고 하루도 빠짐없이 사고를 치는 아이들에 넌더리가 났다. 야동을
돌려보고, 담배를 피우고, 주차장에 유리병을 던지고, 주말이면 옆
학교에 원정싸움을 가고, 작심하듯 왕따를 괴롭히는 아이들을 이
해할 수가 없었다. 그건 마치《우리들의 일그러진 영웅》을 매일 한

페이지씩 몸으로 읽는 기분이었다.

 하루는 S에게 화를 내다가 종아리를 때렸다. 종아리를 때리고 나면 화가 풀릴 줄 알았는데, 화는 그대로고 오히려 열세 살짜리 어린 아이에게 끌려 다니는 내 모습이 더 한심했다. 할 수 있는 게 없었다. 그저 눈물만 났다. 그날도 복도에서 한참을 울었다. 그런데 그날 흘린 눈물이 이상한 소문이 되어 돌아왔다.

 "너 들었어? 성효 샘이 S 때문에 학교 그만둔대."
 "왜?"
 "너무 힘들어서. 복도에서 우는 거 애들이 다 봤대."

 복도에서 옆 반 여자아이들이 수근대는 소리를 들었다. 복도에서 우르르 모여 있던 아이들이 내가 그 앞을 지나가자 바다라도 갈라지듯이 양 옆으로 나뉘어 섰다. 그 가운데로 걸어가면서 나는 말 그대로 머리꼭지까지 화가 났다. 교실로 들어가 화를 내며 누가 낸 소문인지 물었다.

 "너희들이 감히 선생님한테 이 따위로 행동해?"

 그리고는 손을 책상에 탁 하고 내려치는데, 그만 유리가 두 쪽으로 찌이익, 하는 소리를 내면서 갈라져버렸다. 그 두꺼운 책상유리가 두 동강 나버린 것이다. 아이들이 순간 입을 벌리고 멍하니 나를 보던 게 생각난다. 나는 그날 소문의 근원이었던 S를 심하게 야단치고 그대로 마음에서 놓아버렸다.

그런데 S가 그날부터 특별한 일기를 써오기 시작했다. 한 달 넘게 하루도 빼놓지 않고 온갖 색깔 펜으로 예쁘게 꾸민 일기를 매일 두세 장씩 쓴 것이다. 그러나 나는 마음을 전혀 풀지 않았다. 괘씸하고 미워서 검사조차 해주지 않았다. 우리는 평행선을 달렸다. 가까워질래야 가까워질 수가 없었다. 학생이 손을 내밀었는데도 선생이 뿌리쳤으니 말이다. 우리는 다음 학기가 되어서도 크게 나아진 것 없는 상태로 헤어졌다. 아이들은 졸업을 하고 소식이 뜸해졌다.

다음 해에 만난 아이들은 5학년이었다. 졸업시킨 6학년 아이들과 비교하니 한없이 순했다. 나는 아이들에게 "너희들은 정말 착하고 좋은 아이들이다" 소리를 하루에도 수십 번씩 했다. 밤에도 행복해하면서 잠이 들었다.

그리고 시간이 흘러가면서 '천사 같은 아이들'도 만나고, '악당 같은 아이들'도 만나는 동안 점차 깨닫게 됐다. 유난히 착하고 훌륭했던 아이들이 따로 있는 게 아니라, 내가 아이들을 그렇게 바라보았기 때문이었다는 것을. 내가 아이들을 바라보는 프레임이 어떤 것이냐에 따라 우리 교실은 훌륭한 아이들이 많은 좋은 교실이 되기도 하고, 그저 그런 평범한 교실이 되기도 하고, 영 아닌 교실이 되기도 했다.

문제는 아이들이 아니라 나였다. 아이들은 그냥 그 자리에 가만히 있는데, 나 혼자 사나워졌다가 부드러워졌다가 기뻤다가 슬펐다가 했다는 것을 나는 그제야 깨달았다. 그리고 교사가 아이들에게 얼마나 중요한 사람인지도 비로소 깨달을 수 있었다.

그 때의 아이들 모두에게 진심으로 미안했다. 아이들을 다시 만나면 진심으로 용서를 빌고 싶었다. 그리고 그 누구보다 가장 용서를 빌고 싶었던 것은 바로 S였다. 내가 좀 더 좋은 선생이었으면 나는 S를 가슴에 품었을 것이다. 따뜻하게 안아주었을 것이다. 그런데 나는 그렇지 못했다. 오히려 S를 미워하고 끝없이 비난했다. 교사인 내가 아이들보다 먼저 S를 손가락질하고 탓했다.

'왜 그랬을까? 왜 그렇게 밖에 하지 못했던 것일까?'
그때의 나를 수백 번은 돌이켜 생각해봤다. 나는 존중받고 싶었던 것 같다. 나이가 어리지만 교사로서 인정받고 싶었고, 내 말을 아이들이 잘 따라주길 기대했다. 존중받는 교사가 되기 위해 나 역시 아이들을 존중하고, 아이들에게도 내가 무엇을 원하는지 정확하게 설명하는 것이 옳았다. 그런데 그때 나는 나 자신이 무엇을 원하는지조차도 정확하게 모르고 있었다. 나는 그 정도로 미숙한 교사였던 것이다. '그저 사랑만 하고, 뜨겁기만 한 교사.' 그 시절, 나는 그런 교사였다.

그런데 어느 날, 이제는 스물일곱 살의 어른이 된 아이들이 동창회를 한다고 나를 불렀다. 나도 아이들을 다시 만나고 싶었다. S도 꼭 보고 싶었다. 우리는 14년 만에 다시 만나는 것이었다. 그렇게 오랜만에 만났는데도 아이들 모습은 그대로였다. 십여 년의 세월이 아이들을 뻥튀기라도 해놓은 듯 어른의 모습 속에 아이의 모습이 그대로 남아 있었다.

"선생님이 미안해. 그땐 선생님이 미숙해서, 너희들을 너무 많이 사랑하는데도 어떻게 해야 하는지 몰라서 그랬어. 그때 많이 때리고 혼냈던 것 사과할게. 용서해줘."

그건 진정 마음을 담은 사과였다. 나도 모르게 그 시절에 대한 부끄러움으로 얼굴이 온통 붉어져 있었다.
그랬더니 어른이 된 이 아이들이 천연덕스럽게,
"우리도 사고 많이 쳤죠, 뭐. 선생님이 화내실 만해요"

라고 했다. 그리고는 아이들이 몇 마디 덧붙였다.

"선생님, 《학급경영멘토링》 책도 쓰셨잖아요. 책에 저희 이야기
는 없죠?"
"그걸 말이라고, 당연히 없지, 우리는 샘 학급운영에 있어서 흑
역사인데…."
"맞아요. 우리 얘기는 다른 선생님들한테 하지 마세요. 소문나면
안 돼요."

아이들의 말을 들으니 더 부끄러웠다.
"그런가? 그런 것 같기도 하다. 근데 그런 흑역사 없이 어떻게 지
금의 내가 있겠니. 다 너희들 덕분에 선생님이 배운 거지. 그리고
S, 미안해. 선생님이 잘못했어. 그 때 무조건 혼내기만 했던 것 미
안해. 용서해."

그러자 누군가가 말했다.
"아니에요. 저희가 무조건 잘못한 거예요. 저희는 선생님의 흑역
사잖아요."

아이들이 큰 소리로 웃었다. S와 나도 같이 웃었다. 14년만의 화
해였다.

고학년 교실의 분위기는 주도적인 아이들 몇 명에 의해서

한 순간에 좌지우지되기도 한다.

그리고 그 몇이 교사에게 우호적인 경우와 아닌 경우

교실 분위기는 천지 차이로 달라진다.

그때 우리 교실에서는 몹시 개구진 남학생 여섯이 교실의 주도권을 갖고 있었다.

이 아이들은 적군이었다가 아군이고, 아군이었다가 적군이었다.

"선생님,
왜 때리셨습니까?"

　　　어른으로서 가장 빠지기 쉬운 유혹이 바로 아이를 때리는 것이라고 생각한다. 아이들은 꿀밤이라도 한 대 쥐어주면 즉각 말을 잘 듣는다는 것을 알기 때문이다. 나도 한때는 체벌을 하는 교사였다. 부끄럽지만 그때는 때려서라도 잘 가르쳐야 한다고 믿었다. 이 생각이 바뀌게 된 계기는 어느 날 문득 뜻하지 않게 찾아왔다.

　　6학년 담임을 하고 있을 때였다. 당시는 협동학습에 집중해 있던 터라 아이들을 협동학습 식으로 4인 1모둠으로 앉혔다. 지금이라면 자리에 신경 쓰는 게 아니라 수업 방식 자체에 더 관심을 갖고 노력했을 게 틀림없다. 그런데 그때는 책에서 하라는 대로 자리도 꼭 4명씩 앉혀놓았다. 당시 우리 반 아이들은 무려 44명이었지만 나는 곧이곧대로 11모둠을 만들었다. 그 좁은 교실에 11모둠을 만들어 앉힌 덕분에 아이들은 서로 손만 뻗어도 닿을 만큼 가까이 있었고, 그 탓인지 장난을 참 많이 쳤다.

경험 있는 교사라면 잘 알겠지만, 고학년 교실의 분위기는 주도적인 아이들 몇 명에 의해서 한 순간에 좌지우지되기도 한다. 그리고 그 몇이 교사에게 우호적인 경우와 아닌 경우 교실 분위기는 천지차이로 달라진다. 그때 우리 교실에서는 몹시 개구진 남학생 여섯이 교실의 주도권을 갖고 있었다. 이 아이들은 적군이었다가 아군이고, 아군이었다가 적군이었다. 나는 종잡을 수 없는 아이들을 어떻게든 길들이고 싶었다.

한 번은 청소 시간에 그 남자아이들 여섯이서 우르르 몰려다니면서 빗자루를 가지고 장난치는 것을 보았다. 다가가서 가볍게 타일렀다.

"청소 시간에 놀면 다른 아이들이 뭐라고 생각하겠니? 불공평하니까 열심히 청소해야 한다."

아이들은 모두 큰 소리로 '네' 하고 대답을 했지만 얼굴에는 장난기가 그득했다. 다음 날도 아이들은 청소를 하지 않고 복도에서 모여서 놀고 있었다.

"너희들 지금 뭐 하니? 어제 선생님이랑 청소 열심히 하기로 약속했잖아. 한 번만 더 놀면 선생님 그땐 가만 안 있을 거야."

"네."

고분고분 대답은 했지만 내심 찜찜했다. 아이들 표정이 장난이 가득 서린 어제와 같은 모습 그대로였기 때문이다.

그리고 다음날 청소 시간이 되었다. 아이들은 또 모여서 놀고 있었다.

"너희들 선생님이 어제 분명히 말했지? 한 번만 더 청소 않고 놀면 그땐 선생님 가만 안 있겠다고."

"네."

상황이 심각해진 것을 보고 아이들이 살짝 풀이 죽었지만 거기서 멈추지 않았다.

"왜 이렇게 청소를 안 하고 매일 놀기만 하니? 자꾸 그러면 다른 애들이 뭐라고 생각하겠어? 불공평하지? 응? 잘못했어, 안 했어?"

아이들은 고개를 푹 숙인 채 잘못했다고 답했다. 나는 팔짱을 낀 채 마구 화를 내다가 이내 매를 가져오라고 했다. 그때 우리 교실에는 준거집단에서 깃발을 만들 때 쓰는 직경 1.5cm짜리 기다란 나무 막대기가 있었다. 아이들의 손바닥을 다섯 대씩 때렸다. 찰싹, 찰싹, 소리가 울려 퍼졌다.

그렇게 둘을 때리고 난 후, 세 번째 아이를 때리는데 문득 창 밖에 누군가 서있다는 것을 알아차렸다. 다섯 번째로 맞기 위해 기다리고 있는 재훈이의 아버지였다. 가슴이 심하게 두근거리기 시작했다.

'아, 이걸 어쩌지.'

그의 표정이 매우 안 좋았다. 그 상황에서 기분 좋을 아버지가 어디 있겠는가. 그는 얼음장처럼 차갑게 굳은 얼굴로 나를 창문 밖에서 빤히 보고 있었다. 세 번째 아이의 손바닥을 때리고는 머릿속으로 잠시 생각했다.

'다 보고 있는데, 그만 때려야 하겠지?'

창밖으로 재훈이 아버지의 굳은 얼굴이 슬쩍 보였다. 그 얼굴을 보며 마음을 다시 고쳐먹었다.

'아니야. 여기서 그만둔다면 편애하는 꼴이 된다. 끝까지 때려야 해.'

나는 네 번째 아이에 이어서 다섯 번째 서있던 재훈이도 때렸다. 그리고 내친 김에 창문에 시선을 두지 않고 여섯 번째 아이까지 다 때렸다.

"앞으로 청소 잘 해. 알았어? 가서 점심 먹어."

가슴이 쿵쾅거렸다.

아이들이 급식실로 우르르 몰려 나갔다. 나는 팔짱을 풀고 교실을 가로질러 가서 뒷문을 열었다. 문 앞에 얼굴이 하얗게 변한 재훈이 아버지가 서 있었다. 아, 그때 그의 얼굴이란. 십여 년이 지난 지금도 나는 그 순간 내가 마주했던 그의 모습이 눈에 그대로 그려진다. 하고 싶은 말이 정말로 많은 표정이었다. 그 많은 말을 꾹 눌러 참는 것이 그대로 느껴졌기에 나는 몹시 떨렸다. 그가 흔히 말하는 '교양 있는 사람'이 아니었으면 난 그 자리에서 멱살이라도 잡혔을 것이다.

그는 나를 말없이 잠시 보았다. 1, 2초쯤 지났을까. 그 짧은 시간이 1시간처럼 길었다. 그리고는 그가 입을 열었다.

"선생님, 왜 때리셨습니까?"

나는 침을 꿀꺽 삼켰다.

"청소를 안 해서 때렸습니다."

"우리 재훈이나 아까 맞은 아이들 모두 평소에 청소를 안 합니까?"

그의 목소리는 무섭도록 차분했다.

"네. 안 합니다."

"진짜입니까?"

그의 눈썹이 치켜 올라가는 걸 보았다.

"네. 몇 번 타일렀는데도 말을 듣지 않아 그럴 수밖에 없었습니다.”

“그럼 다음에 또 청소를 안 하면 그때도 때리실 겁니까?”

“…….”

순간 할 말이 없었다.

‘청소를 안 한다고 때리는 게 말이 되는 것인가?’

처음으로 생각했다. 아이들이 말을 안 들으면 종아리를 때려서라도 가르쳐야 한다는 생각이 처음으로 흔들렸다.

“선생님도 나중에 아이를 낳으시면 알 것입니다. 어떤 부모도 자식이 맞는 게 좋지 않습니다. 오늘 재훈이가 청소를 안 해서 손바닥을 맞았다고 하셨지만, 저는 청소를 안 하는 일이 손바닥을 맞아도 되는 정도의 나쁜 행동인지 잘 모르겠습니다. 나쁜 행동에 대해 줄 수 있는 벌은 다양합니다. 꼭 체벌을 해야 하는 것은 아니라는 뜻입니다.”

그렇다. 하나도 빠짐없이 맞는 말이었다. 청소를 잘 하지 않는다면 그건 교사가 지도를 잘 하면 된다. 아이를 꼭 때릴 필요는 없는 것이다. 나는 그의 말을 인정해야 했다.

“네. 맞는 말입니다. 제가 오늘 경솔했던 것 같습니다. 마음 상하게 해서 죄송합니다.”

재훈이 아버지는 나를 잠시 바라보았다.

"선생님, 선생님이 우리 아이들 사랑하는 거 압니다. 하지만 가끔 선생님이 감정적으로 행동하여 아이들에게 상처를 주기도 한다는 것은 알고 계시는지 모르겠습니다. 어른이라고 해서 혹은 선생님이라고 해서 그래도 되는 것은 아닙니다. 어른이기 때문에 오히려 아이들 앞에서 더욱 성숙하게 행동하는 것이 옳다고 생각합니다. 사실 오늘은 저도 감정적으로 흥분한 상태여서 하고 싶은 말이 잘 전달되었는지 모르겠습니다. 우리 아이들을 더 신중하게 지도해주셨으면 합니다."

재훈이 아버지는 그 말을 마치고 허리를 깊이 숙였다.

그의 말 한 마디 한 마디가 지금까지도 선명하게 생각난다. 어른이라고 해서, 혹은 교사라고 해서 아이들을 때려도 되는 것은 아니라는 간단명료한 진리. 그는 내게 그 진리를 가르쳐주었다.

이후로 아이들을 때려야 하는 순간이 왔을 때 나는 생각해보게됐다. '이게 꼭 때려야 하는 일인가', '때리지 않고는 해결할 수 없는것인가', '내가 때려야 하는 이유를 찾고 있는 것은 아닌가' 하고 말이다. 이렇게 생각해보게 되는 것만으로도 체벌을 하지 않아야 할이유는 명백해지곤 했다.

나를 누군가가 지켜보고 있다는 생각으로 가르친다면 아이들에게 함부로 할 수 없을 것이다. 교사나 어른이어서 아이들을 함부로해도 되는 것은 아니라는 간단한 논리 하나만으로도 우리는 아이들에게 존중에 대한 가치를 가르칠 수 있을 것이다.

교실에서도 가끔은 정공법正攻法이 필요하다.

돌아가거나 비켜서지 않고 문제와 똑바로 마주하는 힘이 필요한 순간이 있다.

나에게는 그때가 그러했다. 마음이 한없이 불편했지만

그 불편함을 넘어서지 않으면 그 한 해는 실패할 것이니

'물러서지 말고 똑바로 상황을 마주하자'라고 마음속으로 수백 번 다짐했다.

나를 위해 진이
엄마가 흘린 눈물

2013년 12월, CBS에서 진행하는 강연 프로그램 《세상을 바꾸는 시간 15분》(이하 《세바시》)에 출연했다. 정말 색다른 경험이었다. 누군가가 내 이야기를 TV에서 보게 된다는 것만으로도 설레고 기분 좋았다. 《세바시》 출연에 대해 가족들은 물론이고 주변 사람에게도 녹화 직전까지 말하지 않다가 가까운 지인 몇 몇에게만 출연 전날에서야 이야기했다. 그리고 마지막으로 진이 엄마에게 전화를 걸었다.

"진이 엄마, 저예요. 그동안 잘 지내셨지요?"

"어머, 선생님, 오랜만이에요. 자주 연락드려야 하는데 그렇게 못 해서 죄송해요."

목소리에서 반가움이 물씬 느껴졌다. 오랜만에 진이 엄마의 목소리를 들은 것만으로도 마음이 든든해지는 것 같았다. 다음 날 방송국에서 진이 엄마를 만났다. 우리는 누가 먼저라 할 것 없이 눈물을 글썽거렸다.

"선생님, 식사는 하셨어요? 여기가 식사하기 마땅치 않은 곳이라고 해서 먹을 것을 좀 준비했어요. 선생님 눈에 가장 잘 띄는 자리에 앉아있을게요. 힘내세요."

빵과 커피를 가져온 진이 엄마는 꽃다발까지 준비해왔다. 강연하러 무대에 섰을 때 손 흔드는 진이 엄마가 한눈에 들어왔다. 짧은 순간이었지만 진이 엄마 얼굴에 떠오르는 표정을 읽을 수 있었다. 그건 바로 '선생님, 저 여기 있어요. 걱정하지 마세요'였다. 그 모습을 보니, 가슴이 뭉클했다.

진이 엄마와는 오래 전에 학부모 대표와 담임으로 만났다. 고학년을 주로 맡다가 오랜만에 2학년을 맡았는데, 아이들을 대하는 게 생각처럼 쉽지 않았다. 3월 내내 6학년으로 다시 가고 싶은 마음이 굴뚝같았다. 그리고 그런 마음을 갖고 있으니 아이들은 물론이고 학부모 역시 대하기가 편하지 않았다. 얼마 지나지 않았을 때 '2학년에게 지나치게 엄하다', '선생님의 학급 운영 방침을 이해할 수 없다' 등의 이유로 학부모들이 불만이 많다는 이야기를 들었다.

그대로 가면 안 될 것 같았다. 학교에서 학부모들과 공개적으로 이야기할 기회를 만들었다. 서른 명의 학부모 중 스물여섯 명이 참석했다. 간단히 인사를 하고 자리에 모인 학부모들에게 질문하고 싶은 게 있으면 하시라고 말문을 열었다. 그러자 질문이라기보다는 항의에 가까운 말들이 쏟아졌다.

먼저 미국에서 최고의 교사상을 받은 론 클라크 선생님의 '아이를 위대한 사람으로 만드는 50가지 원칙'을 코팅해서 나눠준 것에 대해 한 학부모가 말을 꺼냈다. 이 50가지 원칙은 예를 들면 숙제를 성실하게 해오기, 물건을 받을 때 고맙다고 말하기, 뒤에 오는 사람을 위해 문을 열어주기, 강당으로 이동할 때 줄 잘 서기, 전교생이 모인 자리에서 떠들지 않기 같은 것들이다.

"선생님은 이 50가지를 전부 지킬 수 있습니까? 왜 아이들에게 부담을 주십니까?"

그의 얼굴에는 불쾌함이 가득했고 다른 학부모들은 맞장구를 쳤다. 학부모들은 그밖에도 '왜 어떤 아이는 스티커가 많은가', '혹시 그 아이만 차별한 것 아니냐'는 물음부터 시작해서 심지어는 '2학년인데 40분을 꽉 채워 수업하는 게 지나치다고 생각하지 않느냐'고도 했다. 모든 질문에 하나하나 답변했다. 그렇게 세 시간 가까이 해명하고 나니 등 뒤에서 땀이 주르륵 흘러내렸다.

"학급 운영에 대해서 혹시라도 불만이 있으면 언제든 다시 찾아

오세요. 문을 열고 기다리겠습니다. 대신 1년 후에 우리 교실이 어떠했는지 다시 평가해주십시오."
라고 마무리했다.

당당한 표정으로 말은 했지만, 그들이 모두 돌아가고 난 다음에는 거의 탈진 상태가 돼버렸다. 집에 가서 새벽까지 진이 엄마와 통화했다. 진이 엄마는 자신이 학부모 대표로서 가운데에서 역할을 제대로 못했다며 미안해했다. 우리는 전화기를 사이에 두고 긴 시간 함께 울었다.

교실에서도 가끔은 정공법正攻法이 필요하다. 돌아가거나 비켜서지 않고 문제와 똑바로 마주하는 힘이 필요한 순간이 있다. 나에게는 그때가 그러했다. 마음이 한없이 불편했지만 그 불편함을 넘어서지 않으면 그 한 해는 실패할 것이니 '물러서지 말고 똑바로 상황을 마주하자'라고 마음속으로 수백 번 다짐했다.

그래서 시작한 것이 '엄마와 함께하는 토요일 창의적 체험 활동'이었다. 주 5일제 수업이 본격적으로 시행되기 전이었고 창의적 체험활동이 도입된 해였다. 먼저 학부모에게 재능 기부가 가능한 프로그램을 받았다. 빵을 잘 만드는 아빠, 손글씨를 잘 쓰는 엄마, 학교에 한 번도 올 기회가 없었던 워킹맘까지 많은 이들이 함께 수업하기를 희망했고, 이것을 그대로 받아들여 POP글씨 배우기, 낙엽 편지 만들기, 학교 뒷산 올라가기, 아빠와 쿠키 굽기, 천연 비누 만들기, 황토 염색하기 같은 활동을 토요일마다 학부모들과 같이 했다.

학급 홈페이지에는 '책 읽는 선생님' 게시판을 열었다. 내가 책을 읽고 독후감을 간단하게 적어서 학급 홈페이지에 올리면 학부모가 읽고 댓글을 달도록 했다. 그러면 나는 댓글을 단 학부모 중 한 분을 추첨하여 내가 읽은 책을 선물했다. 학부모에게 책을 선물한다는 아이디어는 크게 인기를 얻었다. 당첨된 학부모도 몹시 좋아했다.

또 매일 교단 일기를 써서 학급 홈페이지에 올렸다. 형식적으로 적던 알림장 대신 그날 있었던 일, 학급 운영에 대한 고민 등을 적었다. 글씨 쓰는 속도가 느린 저학년 아이들은 알림장을 따로 쓸 필요가 없어 편했고, 학부모들은 그날 있었던 일과 그에 대한 담임의 속마음을 속속들이 알 수 있어 만족해했다. 교단일기를 읽고 난 다음 댓글로 '읽었다'라고 답하게 했더니 학급 홈페이지 활용률이 다른 학급과는 비교도 할 수 없게 치솟았다.

아이들이 잘 하는 일은 그때그때 칭찬 쪽지에 적어 보냈고, 시시콜콜한 이야기도 의도적으로 칭찬 문자를 보냈으며, 일주일에 한 아이씩 칭찬 거리를 찾아 가정으로 전화했다. 담임 선생님이 혼내려고 전화한 게 아니라 칭찬하려고 전화했다는 사실에 학부모들은 놀라워했다.

학부모 통신을 매달 써서 가정으로 보내 답장을 받기도 했다. 학부모들이 답해준 피드백 자료는 데이터베이스처럼 쌓여갔다. 내가 놓치는 부분이나 잘 하고 있는 부분을 확실하게 짚을 수 있었고, 이런 반성을 통해 학급 운영도 더욱 탄탄해졌다. 그리고 이 모든 것은 훗날 《학급경영멘토링》을 쓸 때 결정적인 도움이 됐다.

진이 엄마는 그 모든 활동의 중심에서 나와 함께 했다. 옆에 있는 것만으로도 위로가 되고 힘이 됐다. 학부모라기보다는 속 깊은 언니였고, 친구였다. 그리고 힘들 때마다 나보다 더 많이 울어주었다. 진이가 서울로 전학을 간 다음에도 가끔 진이 엄마를 만났다. 여느 친구들이 그러하듯 우리는 서로 아이 키우는 이야기도 나누고, 가족들의 안부도 묻는다.

나는 그 한 해 동안 학부모가 '벽'이 아니라 '문'과 같은 존재라는 것을 깨달았다. 좋은 교실을 만들기 위해 반드시 열어야 하는 문 말이다. 사실 교사는 학부모와의 관계를 잘 유지하기가 참 어렵다. 아이를 사이에 두고 서로의 관점이 다를 수 있고, 교사가 옳다고 믿는 것이 학부모에게는 아닐 수도 있다. 그러나 교사에게는 결코 멀리 해서도 안 되고, 어려워해서도 안 되는 게 학부모다.

어려울수록 먼저 다가가는 것이 좋다. 지원군을 만들 것인가 적군을 만들 것인가 하는 것은 결국 교사가 먼저 마음을 열고 손을 내미느냐 아니냐에 따라 달라지기 때문이다. 어느 쪽을 선택할지는 결국 나 자신에게 달린 문제일 것이다. 학부모는 교육의 벽이 아니라 좋은 교실로 가는 문이다. 학부모라는 문을 열면 그 너머에는 분명 내가 꿈꾸는 좋은 교실이 있다.

전라북도교육청 초등학교 학부모만족도조사지 (담임교사용)

성 명 : 김성효

답변
학생들이 자기 자신의 적성과 진로에 대해서 꾸준히 생각하고 목표를 향해 스스로 학습할 수 있는 학습 방법을 제시하여 학생들이 자기 주도학습을 할 수 있도록 지도해 주시고, 학생과 소통하는 다양한 수업 방식과 활동들을 통해 진심으로 학생의 교육에 관심을 가져 주셔서 감사합니다.
체계적이고 수준별로 지도를 잘 해주시는 것 같다. 성과가 눈에 보여서 만족스럽다
아이들의 눈높이에 맞춰서 수업해서 좋아요
항상 아이들에게 사랑과 배려심을 알려주시고 수업에 집중할 수 있도록 해주시고 언제나 아이들의 입장에 서서 이야기를 해주심
아이들의 흥미를 이끌어내며 다양한 방식으로 교육을 하시는 모습이 믿음이 갑니다
아이들의 개인개인의 성향을 잘 파악하셔서 아이들에게 관심있게 지도하십니다
학기가 끝날 때까지 지금처럼만 해주시면 좋아요
우리 아이들에게 바르게 생활하고 남을 먼저 생각하는 아이가 되도록 격려해주세요
열심히 일하시느라 건강이 안좋아질까봐 걱정입니다. 아이들에게 항상 건강한 모습으로 밝은 모습으로 지내며 좋겠습니다

며칠 뒤에는 교사 수첩 사이에 끼워두던 책갈피가 없어졌다.

그 다음날에는 새로 사온 사탕이 봉지 채 없어졌다.

하루가 멀다 하고 무언가가 교실에서 사라졌다.

도난 사건이 거듭되자 몸의 터럭 하나하나가 곤두서는 것처럼 신경이 날카로워졌다.

아이들 중 하나라는 심증은 있으되, 물증은 없으니 몹시 찜찜했다.

꼬마 장발장의 한 마디,
"선생님한테선
엄마 냄새가 나요"

아침 출근길에 플래카드 하나를 보았다.

"꽃으로도 때리지 마라"

노란 바탕에 흰 글씨로 곱게 쓰인 글자들이 바람에 펄럭이고 있었다. 몇 번을 곱씹어도 참 좋은 말이다. 대한민국이 아이들을 꽃으로도 때리지 않을 만큼 귀하게 대하는 나라면 얼마나 좋을까. 교사가 아이를 믿어주고, 아이가 교사를 깊이 따르는 교실이 될 수 있다면 그 또한 얼마나 아름다울까.

그렇지만 누군가를 믿고 사랑하는 일은 생각만큼 쉬운 게 아니다. 긴 시간 교사로 살아온 나에게 그 사이 얻은 교훈을 말하라면, 가장 먼저 생각나는 게 '아이의 눈빛만 봐도 안다' 혹은 '하나를 보면 열을 안다' 같은 말은 그 자체로 위험하다는 것이다.

교직 경력이 2년차가 되었을 때다. 겨우 3학급뿐인데다 전교생이 23명밖에 되지 않아 어느 집에서 강아지가 태어났는지, 누가 생일인지 다 아는 작은 학교에서 근무했다. 나는 복식학급 1, 2학년 7명의 아이들을 가르쳤다. 예쁘장하고 고만고만한 여자아이들이 넷, 까불까불한 남자아이들이 셋이었다.

복식수업은 쉽지 않았다. 1학년과 2학년이 서로 곁눈질해가며 1학년 것을 2학년이 복습하고 2학년 것을 1학년이 예습하는 식이었다. 질적인 것은 물론이고 양적으로도 충분한 수업 시간이 확보되지 않기 때문에 근본적으로 좋은 수업을 할래야 할 수 없었다. 그렇지만 당시 나를 가장 애먹인 것은 복식수업이 아니었다. 문제는 바로 교실에서 물건이 종종 사라진다는 것이었다.

그때만 해도 교실에 오르간이 한 대씩 있었다. 나는 아이들에게 매일같이 오르간 반주를 해가며 노래를 가르쳐주었다. 어느 날 오후 직원회의가 있어서 교무실에 다녀왔는데, 오르간 위에 얌전히 두고 나간 반주집이 보이질 않았다. 분명히 회의에 가기 전까지 반주를 연습했는데 말이다. 교실을 구석구석 뒤지고 책상서랍을 샅

샅샅이 찾아도 없었다. 찜찜하고 언짢았다.

그것이 시작이었다.

그 후로 잊을 만하면 한 번씩 도난 사건이 일어났다. 교실에서 도난 사건이 생기면 가장 힘든 점이 아이들을 의심하게 된다는 것이다. 그러지 않으려고 해도 나도 모르게 '이 중 누군가는 범인이다'라는 생각으로 아이들을 바라보게 되고 만다. 아이들 중 하나가 가져갔으니 쉽게 찾을 수 있을 것 같지만 찾을 수도 없다. 그냥 다른 차원의 세계로 사라진 것이라고 생각하는 편이 마음이 편하다. 그러나 사람 마음이란 게 결코 그렇게 쉽게 정리되지 않는다. 끝없이 '누가 가져갔을까?'를 생각하고 또 생각하게 된다. 그러니 미치고 팔짝 뛸 노릇이다.

반주집을 잃어버리고 얼마 되지 않아 아이들에게 주던 스티커가 사라졌다. 며칠 뒤에는 교사 수첩 사이에 끼워두던 책갈피가 없어졌다. 그 다음날은 새로 사온 사탕이 봉지 채 없어졌다. 하루가 멀다 하고 무언가가 교실에서 사라졌다. 도난 사건이 거듭되자 몸의 터럭 하나하나가 곤두서는 것처럼 신경이 날카로워졌다. 아이 중 하나라는 심증은 있으되, 물증은 없으니 몹시 찜찜했다.

그렇게 몇 달이 흘렀을까.

"선생님, 선생님이 얼마 전에 스티커 잃어버렸다고 했잖아요. 그런데 어제 지우네 집에 놀러갔는데 거기서 똑같은 거 봤어요."

"저도 지난번에 지우 집 갔을 때 봤어요. 선생님 거랑 똑같은 반주집 있는 거요."

느낌이 확 왔다. 지우를 불렀다.

"지우야, 집에 동요 반주집 있지?"

"네? 아, 있어요."

"그거 선생님이 좀 볼 수 있을까?"

"어. 그게….”

"괜찮아. 선생님 반주할 때 쓰던 거랑 같은 건지 보려고 그래."

책마다 사인을 적어두니 가져와보면 알 것이라고 생각했다.

"네."

지우는 다음 날 반주집을 가져왔다. 효*孝*자를 검은 사인펜으로 덮어서 지웠지만, 한 눈에 알아볼 수 있었다. 그것은 내가 잃어버린 반주집이었다.

"이거 누구 거니?"

"제 건데요. 엄마가 사줬어요."

나는 돌려서 말할 것이 아니라고 생각했다.

"이거 선생님 거야."

"아니에요. 제 거예요."

"지우야, 여기 다른 책도 볼래? 책마다 선생님이 평소에 하는 사인이랑 똑같은 표시 있지? 이거 선생님 거 맞아."

다른 책에 있는 사인을 지우에게 보여주었다.

"아니에요. 이거 내 거 맞아요. 우리 엄마가 사줬어요."

지우는 몇 번을 엄마가 사준 것이라고 우기다가 끝내는 울음을 터뜨렸다.

"선생님, 사실은 선생님 것이 너무 좋아보여서 제가 가져갔어요."

"그럼 스티커도 가져갔어?"

"네, 집에 있어요."

"그럼 책갈피하고 머리핀도?"

"네. 제가 가져갔어요. 다시 갖다드릴게요."

지우는 너무나 순순히 자신이 가져갔음을 인정하였다.

"선생님, 사랑해요. 죄송해요."

나는 지우의 "선생님 사랑해요"라는 말에 망연자실했다. 그 순간 무슨 말을 해야 할지 몰라 나는 지우를 조용히 안아주었다.

"그렇다고 해서 남의 것을 가져가면 안 돼."

"제가 잘못했어요."

지우는 고집을 피우지도 않았고, 자신의 잘못을 부정하지도 않았다. 그냥 자꾸만 울었다. 지우를 달래 집으로 보내고 다음 날 지우 할머니를 만났다. 지우의 어머니는 서울로 가서 재혼했고, 아버지는 설날에 한 번 집에 다녀간다고 했다. 돈만 주는 게 무슨 부모냐고 지우 할머니가 말했다. 뭐라 할 말이 없었다.

"우리 지우가 무슨 죄여. 애 낳고 안 돌본 어른이 죄지. 토요일이면 즈이 엄마 오는가 해서 애가 마당에서 캄캄해질 때까지 기다려. 아이고, 불쌍해서 못 봐. 외로워서 밤에 제대로 잠도 못 잔당게. 그러려면 낳지를 말어야지. 애가 뭔 죄여."

지우 할머니를 만나고 돌아온 날 밤, 누워서 눈을 감으니 어두운 방 안에서 엄마를 기다리다가 울며 잠드는 지우의 모습이 그려졌다. 외로워서 우는 아이가 외로움을 달래기 위해 물건을 훔칠 때 그 아이의 가슴은 어떠했을까 생각했다. 이리 누워도 저리 누워도, 외로워서 우는 여덟 살 지우가 떠올랐다.

지우를 많이 예뻐해 주었다. 틈만 나면 안아주었고, 손가락에 봉숭아물도 같이 들었다. 손을 잡고 함께 걷다보면 지우가 그 작은 머리를 내게 기대는 걸 느낄 수 있었다. 마음을 열게 된 아이의 몸짓 하나하나가 짠하게 가슴에 와 닿았다.

그렇게 여름이 가고, 가을쯤 되었을까.
지우가 하루는 내게 와서 안기며 내 귀에 대고 이렇게 속삭였다.

"선생님한테서 우리 엄마 냄새가 나요."
"엄마 냄새?"
"네, 우리 엄마도 진짜 좋은 냄새가 나는데…."

지우가 중얼거렸다. 그 때는 지우의 말에 나에게서 정말 무슨 냄새가 나는가 했다. 지금은 알 것 같다. 지우가 말했던 그 '엄마 냄새'란 다름 아닌 자신을 사랑해주는 사람의 냄새였다는 것을 말이다. 사람에게서 사랑의 냄새를 맡는 것은 아마도 인간이 가진 본능 아닐까.

아이에게 엄마보다 좋은 존재가 또 어디 있겠는가. 늘 안아주고 달래고 먹이고 입히는 존재. 사랑 없이는 도저히 할 수 없는 엄청난 희생과 인내를 아이를 위해 아낌없이 내어주는 존재. 그게 바로 엄마다. 나는 그 시절 지우에게 그런 사람이었다. 그렇게 생각하노

라면 가슴이 뭉클해진다. 우리 교실에서 물건이 사라지는 일은 언제 그랬냐 싶게 자연스레 사라졌다.

어른의 눈으로는 아이들이 마냥 천진하고 사랑스러운 존재일 수 있다. 그렇지만 아이들에게도 어른 못지않은 외로움이 있고, 슬픔이 있고, 걱정이 있다. 우리는 아이들이 갖고 있는 밝고 아름다운 모습 뿐 아니라 그 너머의 고민까지 볼 수 있어야 한다. 그게 곧 아이들을 위한 우리의 고민의 깊이의 척도가 되지 않을까 생각한다.

나는 그 후로 교실에서 물건이 없어지는 일이 없도록 모든 학용품에 자신의 이름을 꼼꼼하게 적도록 학기 초부터 꾸준히 지도하곤 했다. 나 역시 내 모든 물건에 이름을 또박또박 적어놓는다. 그리고 역할놀이를 하면서 물건을 잃어버릴 때의 아쉬움에 대해서 이야기 나누어 보게 했다.

그럼에도 불구하고 교실에서 도난 사건이 일어난다면 내가 더 많이 사랑해주어야 할 누군가가 있다는 생각으로 아이들을 바라볼 수 있도록 노력했다. 다른 선생님들에게도 그리 말해주고 싶다. 결코 쉽지 않겠지만 그것이 교사가 해야 하는 '엄마 냄새' 나는 일이라고 말이다.

"하지만 그건 너희가 노력한다고 해서 해결되는 일도 아니고,

선택할 수 있는 것도 아니야. 그건 너희가 어떻게 할 수 없는 일이야.

그러니까 괜찮아. 너희들 잘못 아니니까.

그걸로 혹시라도 누군가 너희들에게 상처를 준다면 그 사람이 잘못하는 것이지,

너희들이 잘못하는 게 아니야."

"아파하지 마, 네 잘못이 아니야"

어른과 아이의 차이는 무엇일까.

가장 먼저 떠오르는 것은 아이들이 어른에 비해 훨씬 잘 웃는다는 것이다. 별 것 아닌 것처럼 보이는 일에도 아이들은 자지러지게 웃는다. 어릴수록 더 잘 웃는다. 아이들은 하루에 150번씩 웃지만, 갈수록 웃음이 줄어들어 어른들은 하루에 10번 정도 웃는다고 한다.

잘 웃는 아이들을 보면 걱정이 없어 보인다. 마냥 행복해보일 때도 있다. 그런데 교사 생활을 오래 하면서 느낀 것은 잘 웃는 아이들이라고 해서 꼭 행복하기만 한 것은 아니라는 것이다. 아이들도 어른과 똑같이 고민하고 마음 아파하고 걱정한다.

선생 하기 싫은 날

1998년, 교사의 삶을 시작했던 때만 해도 해질녘까지 학교 운동
장에서는 아이들이 저학년 고학년 할 것 없이 어울려 놀았다. 요즘
은 고학년과 저학년 아이들이 잘 어울리지 않는다. 얼마 전 6학년
을 가르쳤을 때도 상황은 비슷했다. 아이들은 저학년과 고학년이
어울리면 피곤한 일만 생긴다고 스스럼없이 이야기했다. 그런데
태민이는 달랐다.

태민이는 1학년 동생들이 공을 차자고 하면 공을 차고, 달리기를
하자고 하면 달리기를 해주었다. 아이들 코를 닦아주고 학교 앞 가
게에 데려가 먹을 것을 사주고 업어주었다. 화단 관리를 하는 학교
아저씨에게는 "많이 힘드시죠? 기운내세요" 같은 말을 했다. 마음
이 참 따뜻하고 여린 아이였다.

태민이네는 한부모 가정이었다. 몇 해 전 아버지가 돌아가시고,
어머니와 단 둘이 살고 있었다. 한부모 가정에 외동아들인 태민이
는 집에 가면 심심하다는 말을 자주 했다. 그래도 참으로 밝게 웃
던 태민이였다. 겨우 열 댓 명밖에 안 되는 우리 반에는 태민이 말
고도 한 부모 가정 아이가 여럿이었다. 그렇지만 아이들 누구 하나
더하거나 덜하지 않고 똑같이 사랑해주고 싶었다. 이런 문제에 대
해서도 최대한 자연스럽고 아무렇지 않게 말하고 싶었다.

"이혼하는 가정에 대해서 사람들이 이상한 시선으로 보는 경우가 꽤 많지만 그건 사람들이 잘못하는 거야. 그건 어른들의 선택이고, 어린 아이들은 그런 중요한 문제를 결정할 수 있는 선택권이 거의 없어. 엄마나 아빠가 한 사람만 있게 되는 것도 얼마든지 있을 수 있는 일이야. 정말 마음 아프지만 엄마나 아빠 중 한 분이 빨리 돌아가실 수도 있어.

하지만 그건 너희가 노력한다고 해서 해결되는 일도 아니고, 선택할 수 있는 것도 아니야. 그건 너희가 어떻게 할 수 없는 일이야. 그러니까 괜찮아. 너희들 잘못 아니니까. 그걸로 혹시라도 누군가 너희들에게 상처를 준다면 그 사람이 잘못하는 것이지, 너희들이 잘못하는 거 아니야.

그렇지만 그걸 견디고 이겨내는 힘을 길러야 하는 것은 우리 모두의 몫이야. 너희들을 가르치는 선생님의 숙제기도 하고. 선생님은 너희들이 잘 성장하기를 기도해."

아이들은 숙연해져서 이야기를 들었다. 몇 명은 눈물을 글썽이기도 했다. 이 말이 태민이에게 위로가 되었다는 것은 나중에야 알았다.

태민이는 중학교에 가서 '아버지 없는 아이'라고 아이들이 자신을 따돌리면 어쩌나 걱정하고 있었다. 그래서 졸업을 앞두고 태민이와 긴 이야기를 나누었다.

나는 종이에 별을 그려주며 말했다.

"어떤 섬에서 사람들이 아주 어렵고 가난한 환경에서 살았대. 대부분의 아이들은 어른이 되면 범죄자가 되거나 가난하게 살았지. 그런데 그 가운데에서도 성공하는 사람이 있었어. 학자들은 그 원인을 찾기 시작했지. 무엇이 이 사람을 다른 사람들과 다르게 만들었을까 하고. 그들은 결국 그 원인을 찾아냈어. 그건 바로 아이를 곁에서 지켜주고 진정으로 사랑해주는 사람이 단 한 사람이라도 있으면 된다는 거였어. 이모든 삼촌이든 옆집 아줌마든 선생님이든 단 한 사람이라도 말이야.

선생님은 하늘에 별이 뜨듯이 누구 가슴에나 별이 있다고 생각해. 사랑해주고 지켜주는 누군가가 우리들 가슴에 별로 떠있는 거지. 그 별이 빛나고 있는 한 우리는 언제나 다시 힘을 낼 수 있어. 태민이 가슴에는 어떤 별들이 있니."

태민이에게는 5개의 별이 있다고 말해주었다. 선생님, 엄마, 큰이모, 작은 이모, 삼촌까지 다섯. 태민이가 그린 별들은 눈에 띄지 않을 만큼 작았다.

"태민아, 힘들 때 이 별들을 생각해. 언제까지나 너를 사랑하고 지켜줄 별들이니까 그 별들에게 부끄럽지 않은 삶을 살아가는 거야. 그리고 태민아, 아버지가 돌아가신 것은 네 잘못이 아니야. 그러니까 너무 아파하지 마. 그건 네가 어떻게 할 수 없는 일이었잖아."

태민이는 그 말에 수도꼭지라도 틀어놓은 것처럼 펑펑 울었다. 평소에 잘 웃고 잘 떠드는 아이니까 괜찮은 줄만 알았는데, 태민이 가슴에는 아주 많은 눈물이 고여 있었다. 태민이와 나는 한참을 같이 울었다. 울고 있는 아이의 손을 잡아보니, 그 손이 참 따뜻했다. 아버지가 돌아가셨을 때 겨우 10살이었던 어린 태민이, 그 어린 아이에게도 위로가 필요했던 것이다.

혼자 서는 어른이 되기까지 아이들은 많은 방황을 한다. 이것이 옳은 것인지, 옳지 않은 것인지 아이들은 작은 문제도 결정하기 어려워한다. 당연하다. 한 번도 살아본 적 없는 삶을 백지 위에 그려가고 있는 아이들이 아닌가. 그래서 아이들에게도 위로가 필요하고 따뜻한 기댈 곳이 필요하다. 교사들이 그들에게 별이 되어주면 좋겠고, 아파하지 말라고 위로해주면 좋겠다. 아이들 웃음 너머의 아픔도 볼 줄 아는 교사가 되길 바래본다.

가슴이 덜컥했다. 나는 사실 달리기도, 국어도, 수학도,

무엇 하나 제대로 할 줄 아는 게 없는 진희가 가끔 귀찮았다.

그런 나를 담임이랍시고 무작정 정을 주고 있는 아이의 마음을

할머니의 말을 통해 들여다본 순간, 내 자신이 한없이 작고 부끄러워졌다.

검정 비닐 봉지 속에
숨겨진 아름다운 비밀

촌지寸志, 사전적 의미로는 '마음을 담은 작은 선물'이라는 뜻이다. 그런데 네이버 국어사전에는 이 단어의 뜻 중 하나를 기자나 선생님에게 주는 선물이라고 적혀 있다. 나도 촌지라면 몇 건의 크고 작은 기억들이 있다. 그 중 하나가 진희에 대한 것이다.

진희를 가르칠 때 근무하던 학교는 규모가 매우 큰 학교였다. 한 학년에 10반에서 11반까지 있었다. 진희는 우리 반에서 가장 심각한 학습더딤* 학생이었다. 덩치가 작고, 목소리가 가늘어 뭐라 말하는지 잘 들리지도 않았다. 조손가정 아이라는 것만 어렴풋하게 알고 있었고, 나머지는 통 알 수가 없었다. 불러서 물어봐도 그냥 쭈뼛거리기만 했다. 답답한 아이였다. 더 묻지 않고 다른 아이들처럼 진희도 방과 후에 남겨놓고 수학을 가르쳤다. 진희는 다행히도 열정 많은 담임을 잘 따랐다. 가끔 방과 후 공부를 하다가 맛있는 걸 사주는 날에는 입 꼬리가 살짝 올라가며 웃기도 했다.

　어느 날,
　방과 후에 아이들 몇이 남아서 공부를 하고 있었는데, 누군가 교실 뒷문을 열고 들어섰다. 문을 열고 들어서는 이의 모습을 확인하고는 깜짝 놀랐다. 학교 근처 문방구 앞에 앉아 나물을 팔던 할머니였기 때문이다. 새하얗게 센 머리에 완전히 90도로 굽은 허리가 보기에도 안쓰럽던 분이었다. 그런 분이 우리 교실에 왜? 하는 생각이 들어 나는 엉거주춤 일어났다.

　"할머니, 안녕하세요? 누구 찾으세요? 저희 교실에는 무슨 일로⋯."
　"아이고, 선상님, 내가 진희 할머니여. 선상님이 우리 진희 선생님이고만."
　할머니가 굽은 허리로 인사를 했다.

● '학습부진'이라는 용어는 학습에서 뒤처신다는 뜻이다. 배우는 속도가 저마다 다르다는 것을 전제로, 선북교육청에서는 "학습부진" 대신 "학습더딤"이라는 용어를 쓰고 있다. 이 책에서도 '학습부진'이 아닌, '학습더딤'으로 표현하였다.

"아, 네? 진희 할머니세요? 아, 할머니, 여기 앉으세요."

당황해서 머뭇거리다가 의자를 하나 가져다드렸다. 내가 내민 의자에 진희 할머니가 앉더니 마주앉은 나를 빤히 보았다. 마주한 진희 할머니의 눈이 한없이 맑았다. 하얗게 센 머리칼이 이마 위에서 아무렇게나 헝클어져 있었다. 진희 할머니가 나를 빤히 보더니 슬며시 웃었다. 내 손을 가리키며 진희 할머니는 이렇게 말했다.

"아이고, 이 손봐라. 꼭 애기 손 같으네. 선생님이 이렇게 애기 같아서 어쩐댜. 근디 선생님, 우리 애가 너무 부족해서 우리 선생님한티 내가 너무 미안혀. 공부도 좀 시키고 해야 되는디 그렇게 못 혀서 미안혀."

그날 진희에 대해서 처음으로 제대로 된 이야기를 들을 수 있었다. 진희는 부모님이 이혼한 뒤 할아버지, 할머니가 키웠다고 했다. 생계가 궁금했지만 그 당시 나는 그런 것을 어찌 물어야 하는지도 몰랐다. 머뭇거리는 새에 할머니가 먼저 말을 꺼냈다.

"내가 할아버지랑 산에서 나물 뜯어다 팔어. 시금치도 팔고, 쑥도 팔어."

진희 할머니는 심하게 트고 갈라진 손을 책상 위에서 가지런히 모았다.

"우리 진희가 맘은 착한디, 공부를 너무 안 혀서, 어쩔까 모르겠어. 그려도 우리 진희가 선생님을 많이 좋아한 게, 우리 진희 좀 이뻐혀 줘."

'우리 진희가 선생님을 많이 좋아한다'라는 말을 듣는 순간 가슴이 덜컥했다. 나는 사실 달리기도, 국어도, 수학도, 무엇 하나 제대로 할 줄 아는 게 없는 진희가 가끔 귀찮았다. 그런 나를 담임이랍시고 무작정 정을 주고 있는 아이의 마음을 할머니의 말을 통해 들여다본 순간, 내 자신이 한없이 작고 부끄러워졌다.

"우리 진희가 너모 부족허지? 가가 좀 답답혀. 그래도 참 착한 앤디…. 우리 진희 이뻐혀 주고 공부도 시켜주셔서 고맙습니다. 참으

로 고맙습니다. 근디 뭐 드릴 게 없어서…. 이것이 오늘 아침에 딴 제일 좋은 거여.”

진희 할머니는 나에게 검정 비닐봉지를 하나 내밀고는 서둘러 자리를 떴다. 비닐봉지 안에는 상추가 가득 들어있었다. 상추에서 싱그러운 풋내가 났다. 왠지 눈물이 날 것 같았다.

집에 들고 간 검정 비닐봉지를 보고는 남편이 물었다.
“그게 뭐야?”
“촌지.”
“뭐?”
“촌지야. 잊을 수 없는.”

진희 할머니가 내게 준 검정 비닐봉지 속에는 세상에서 가장 아름다운 비밀이 숨겨져 있었다. 곰곰 생각해보건대 나는 그보다 더 귀한 선물을 받아본 적이 없다. 마음속에 촌지에 대한 갈등이 생길 때 진희 할머니를 떠올리면 마음이 가라앉곤 했다. 대단한 결심이 아니어도 됐다. 그저 그 검정 비닐봉지 속의 상추만 떠올려도 되는 일이었다.

그해 가을, 시청에서 저소득층 학생들에게 나눠줄 쌀과 라면을 보냈다. 옆 반 남자 선생님과 20㎏짜리 쌀 한 가마니와 라면 한 박스를 집마다 직접 배달하러 다녔다. 마지막으로 진희네 집에 갔다. 차가 들어갈 수 없는 산 속에 저수지를 끼고 작은 공터가 있었고, 진희네는 그 공터에 전기와 수도를 끌어와 집을 지어 살고 있었다.

안에 들어갔다. 고개를 채 들고 설 수 없을 만큼 천장이 낮아 나도 모르게 어깨가 움츠러들었다. 작은 백열등이 노르스름하게 빛나고, 좁은 방 안 가득 교과서와 옷가지들이 어지럽게 널려 있었다. '사람이 이런 곳에서 어떻게 살지' 싶을 정도로 엉망이었다. 나는 그 이전에도 이후에도 그만큼 형편이 어려운 집은 본 적이 없다.

집에 와서도 잠이 오지 않았다. 진희를 열심히 가르치는 게 내가 할 수 있는 최선이라고 생각했다. 그래서 방과 후 공부를 꾸준히 지도했다. 그러나 진희를 집에 보내고 나면 나도 모르게 한숨이 나왔다. 그렇게 형편이 어려운 집에서 앞으로 어떻게 살아갈까 생각할 때마다 가슴이 먹먹했다. 진희와 나는 그렇게 1년을 보내다가 헤어졌다.

이듬해,
진희네 집 앞 저수지에 큰 유원지가 조성되었다. 저수지를 산책

하던 시민들은 유원지의 전망을 훼손하는 집이 하나 있으니 옮겨야 한다는 민원을 냈다. 진희네 집이었다. 민원은 곧 받아들여져 진희네 집은 이내 헐렸다. 진희는 이사를 가야 했고, 나는 두 번 다시 진희 소식을 듣지 못했다. 학교 앞 문방구 모퉁이에 앉아 나물을 팔던 진희 할머니도 더는 보지 못했다. 씁쓸했다.

진희는 잘 살고 있을까. 지금도 가끔 궁금하다. 다른 아이들은 걱정하지 않아도 되는 일을 걱정하면서 살아야 했을 그 아이의 삶이 못내 마음에 걸린다. 진희는 그렇게 쐐기처럼 마음에 콕 박혔다. 내게 잊지 못할 촌지를 남기고 말이다. 부디 대한민국 땅 어디선가 보란 듯이 잘 살아주었음 좋겠다. 진희 같은 아이들이 잘 사는 세상이 되었으면 좋겠다.

다른 무엇 말고 적어도 아이가 엄마와 같이 살 수 있는 세상을 만들어야 하지 않을까.

왜 이주 여성이 대한민국에서 살지 못하고 도망치듯 자기 나라로 돌아가는지

이제는 생각해보아야 하지 않을까.

그것이 다른 사람의 일이 아니라, 바로 우리 모두의 일이기 때문이다.

다문화라는 밤하늘에
홀로 빛나는 별 하나

17년 동안 교사 생활을 하면서 교과 전담을 딱 두 번 해봤다. 임신했을 때 음악 전담을 세 달 동안 해보았고, 국립에서 공립으로 학교를 전출하면서 비어 있는 전담 자리를 맡으라고 했을 때는 음악, 도덕, 영어 세 과목을, 3학년부터 6학년까지 네 학년에게 가르치는 교과 전담을 해야 했다((아이러니하지만 이 때 교과전담을 하면서 「학급경영멘토링」을 썼다).

세 과목을 네 학년에게 가르치다보니 아이들을 하루에 다섯 시간, 여섯 시간씩 꼬박꼬박 만났다. 시골 학교 전교생 65명 가운데 내가 가르치는 학생이 40명이 넘었으니, 나는 학교에서 가장 많은 아이들을 만나는 교사였다.

그때 느낀 것은 교과 전담도 나름의 좋은 점이 있다는 것이다. 크게 두 가지였는데 하나는 아이들 생각을 방과 후까지 할 필요가 없다는 것, 또 다른 하나는 아이들을 객관적으로 보게 된다는 것, 두 가지였다. 그 전까지만 해도 나는 방과 후든 주말이든 내가 가르치는 아이들 생각에 골몰해 있곤 했는데, 전담이 되니 자연스럽게 아이들에게서 한 걸음 떨어지는 나를 느꼈다.

숲에서 나와야 숲이 보인다고 했던가. 그제야 아이들이 제대로 보였다. 그리고 객관적으로 아이들을 보다보니 알겠다 싶었다. 어떤 아이가 어떤 낯빛을 하는지, 어떤 아이가 머리를 안 빗고 오는지, 어떤 아이가 가을이 깊어가도록 여름옷을 입는지 말이다. 시간이 흐르면서 한 아이가 눈에 들어왔다. 유난히 말이 없고, 조용한 아이, 무엇을 물어도 그 어떤 것도 대답하지 않는 아이였다. 나중에야 아이를 낳은 엄마가 고향인 베트남으로 돌아갔다는 말을 들었다.

아이는 다른 아이보다 왜소한 체격에 초라한 차림을 하고, 늘 고개를 숙이고 다녔다. 고개를 들고 한 번쯤 웃어준다면 얼마나 좋을까 싶은데, 어딘지 모르게 주눅 들어 있었다. 그런데 가끔 고개를 들어 나를 바라볼 때는 눈이 별처럼 반짝거렸다. 참 예쁜 아이였다. 잘 씻겨놓기만 해도 눈에 띌 얼굴인데, 어울리지 않는 짧은 바가지 머리를 하고 있었다. 바로 아래 학년인 동생은 그 아이 같지 않고 당찼다. 동생만 못하다는 소리를 밥 먹듯이 들을 것 같았다. 왠지 아이에게 자꾸 마음이 갔다.

　방과 후에 아이는 영어를 배웠다. 내가 있는 전담교사실 바로 옆에서 아이는 오후 시간을 보냈다. 지날 때마다 매일 같은 분량의 시간을 때우고 있는 아이를 볼 수 있었다. 방과 후 시간에 무료한 표정으로 영어를 배우는 아이를 볼 때면 영어를 왜 배울까 싶었다. 아이에게 정작 필요한 것은 베트남어지 않을까 생각했다. 베트남어를 제대로 배워서 엄마하고 편하게 이야기할 수 있다면 그게 몇 배는 나은 게 아닐까 하고. 한편으로는 이 아이 한 명을 위해서 베트남어를 가르치는 수업은 불가능한가, 우리는 그게 왜 불가능한 것인가. 그런 생각을 혼자서 참 많이 했더랬다.

　3월부터 리코더를 가르쳤는데 아이가 참 잘 했다. 가끔 어려운 대목에서 시범을 보이기도 했고, 리코더를 잘 한다는 칭찬을 들을 때면 살짝 웃었다. 리코더 덕분이었던 것 같다. 아이는 교실로 돌아가면 입을 다물어도 내 시간에는 말을 하기 시작했다. 그 뿐 아니라 목덜미까지 순식간에 빨갛게 물들긴 해도 제법 큰 소리로 대답도 했다. 아마도 '선택적 함구증'이었을 것이다. 친구들과는 조잘거리며 이야기를 나누어도 선생님에게는 말을 걸지 않았고, 나와는 이야기를 나누어도 남자 선생님에게는 대답을 하지 않았다.

나와 같이 영어를 가르쳤던 원어민 영어 강사 록산느는 친절한 사람이었다. 그녀와 아이 이야기를 가끔 하곤 했다. 아이 이야기를 들었을 때 록산느는 'Sad Story'라고 말했다. 그렇다. 슬픈 이야기였다. 낳은 엄마를 다시는 볼 수 없는 것이 슬픈 이야기가 아니면 무엇이 슬픈 이야기일까.

희디 흰 낯빛에 큰 눈을 하고 동그랗게 말아진 작은 어깨로 아이는 한국어를 배우고, 한국말을 하며 한국식으로 자라고 있었다. 아이는 할머니와 대부분의 시간을 보냈다. 방치되듯 자라는 아이였다. 안타까웠다. 아마도 대한민국 농촌 마을마다 이와 비슷한 사정의 아이들이 자라나고 있을 터였다.

그때 깨달았다. 한 번도 생각해본 적 없지만 다문화 가정 아이들에 대한 편견이 내게도 생각보다 훨씬 두텁고 단단한 오해로 쌓여 있었다. 한국말을 잘 못할 것이라는 생각, 다문화가정 아이들이 더 가난할 것이라는 생각, 그리고 공부를 잘 못할 것이라는 생각들 말이다.

그런데 가르쳐보니 그건 다문화 가정 아이여서가 아니라 대한민국 여느 아이와 마찬가지로 자존감의 문제였다. 내가 만난 아이의 자존감은 거의 밑바닥이었다. 그런 아이에게는 공부해야 하는 이유가 없다.

경제적인 측면만 생각하더라도 이 아이들이 그대로 방치되어 어른이 된다면 그들은 자연스럽게 우리 사회의 취약 계층이 될 것이다. 취약계층이 많아질수록 사회 구조는 위태로워진다. 나중에 이 문제를 복지 분야 예산으로 해결하려면 그 돈은 지금의 몇 십배, 몇 백배로 들어갈 게 틀림없다. 이 아이들이 똑같은 한국 아이로 대우 받으면서 자랄 수 있어야 한다. 앞으로 점차 많아질 다문화 가정의 아이들을 생각한다면 이는 매우 시급하고 중요한 문제다.

이런 아이들에게 엄마가 태어난 나라에 대해 자존감을 갖게 하고, 이중언어교육을 제대로 시켜줄 수 있어야 한다. 그러려면 이 아이들을 '우리 아이'라는 생각으로 대해야 한다. 선진국에서는 이런 아이들을 어떻게든 끌어안는 방법을 고민하고 또 고민한다. 우리는 그 고민이 아직 한참 모자라는 것 같다.

겨울이 오는 어느 날이었다.
도덕 시간에 감사카드를 쓰는 수업을 했는데, 그 때 아이가 쓴 글을 잊을 수가 없다. 록산느는 아이의 카드를 읽고 해석해주는 것을 듣자마자 그대로 울어버렸다.

"엄마, 엄마가 베트남에서 돌아올 줄 알았는데, 안 와서 많이 기다렸어요. 보고 싶어요. 엄마 사랑해요. 엄마를 지금도 기다리고 있어요. 엄마가 못 오면 제가 갈게요. 베트남에 갈 수 있는 방법을 알려주세요."

다른 무엇 말고 적어도 아이가 엄마와 같이 살 수 있는 세상을 만들어야 하지 않을까. 왜 이주여성이 대한민국에서 살지 못하고 도망치듯 자기 나라로 돌아가는지 이제는 생각해보아야 하지 않을까. 그건 누구 다른 사람의 일이 아니라, 바로 우리 모두의 일이기 때문이다. 부디 다문화라는 어두운 밤하늘에서도 주눅 들지 않고 반짝거리며 빛나는 별들을 우리 손으로 키워나갔으면 좋겠다.

02 · 교사의 상처는 노랗다

밀레니엄의 겨울 바람은 그날따라 유난히 매서웠다.

웅웅거리는 바람 소리가 창 밖에서 들려왔다.

아이들을 먼저 내보내고 교실에서 누가 들을세라 혼자 소리죽여 울었다.

학교가 사라진다는 것이 정말 많은 것을 의미함을 처음으로 느낀 순간이었다.

오늘 같이 본 하늘,
기억할 거지?

2000년, 전 세계가 밀레니엄을 맞아 들뜬 한 해
였다. 나는 경력 3년차, 어린 교사였다. 5학년과 6학년 아이들을 복
식학급으로 맡았다. 겨우 7명이었지만 학교의 대들보 같은 아이들
이었다.

행사가 있을 때면 의자 수십 개를 아이들과 함께 날라야 했고,
재래식 화장실에서 양말을 벗어던진 채 같이 냄새나는 변기를 닦
기도 했다. 큰 대나무 빗자루로 눈이 오면 눈을 쓸고, 낙엽이 지면
낙엽을 쓸어야 했던 그 때, 나는 그 아이들이 참 좋았다. 200매짜
리 공문철이 한 학기에도 수십 개씩 쏟아져 나왔지만 얼굴을 찌푸
리고 있으면 남학생 하나가 옆에 와서 개다리 춤을 추면서 웃겨주

곤 했다.

"선생님은 웃을 때 제일 예뻐요."
말해주던 아이, 아이의 꿈은 개그맨이었다.

어느 날인가는 그 아이가 2층 교실에서 뛰어내렸다. 헐레벌떡 뛰어가 보니, 아이가 다리를 붙잡고 땅바닥에 쓰러져 있었다.

"아니, 이게 어떻게 된 일이야, 왜 그랬어?"
"형들이 뛰어보라고 했어요."
"뭐? 그게 말이 되니? 뛰라고 한다고 진짜로 2층에서 뛰어내리면 어떻게 해?"
"흑. 저도 이렇게 아플 줄 몰랐죠."

아이는 2달인가를 깁스를 하고 다녀야 했다. 그래도 기죽지 않고 저보다 남을 더 챙기던 아이였다.

그런데 언제부턴가 학교가 없어질 것이라는 이야기가 아이들 사이에서 공공연하게 떠돌았다. 당시는 교육 예산을 절감할 수 있다고 작은 학교들의 통폐합을 적극 추진하던 분위기였다. 심지어는 지역 방송국에서 취재를 나오기도 했다. 전북에서 제일 작은 학교가 통폐합을 안 하고 있다는 것이 기사의 내용이었다.

그 해 말 학부모들의 의견이 갈라졌고, 일부가 전학을 서둘렀다. 학교가 없어지기 전에 읍내에 있는 큰 학교로 옮겨야 한다는 것이 그들의 의견이었다. 아이의 아버지는 읍내 큰 학교로 전학을 결정했다.

아이가 전학 가는 날, 왠지 자꾸 눈물이 날 것 같았다. 아이와 그 누나가 떠나고 나면 우리 반에는 겨우 5명만 남는 것이었다.

"선생님, 저희 한 시간만 나가서 놀아도 돼요?"

그 말을 하는 아이들을 보니 모두가 금방이라도 울 것 같은 얼굴이었다. 유치원 때부터 10년 가까이 한 반에서 함께 자란 아이들이었다. 헤어지는 순간이 다가왔다는 것을 나보다 아이들이 먼저 실감하고 있었다.

밀레니엄의 겨울바람은 그날따라 유난히 매서웠다. 웅웅거리는 바람 소리가 창 밖에서 들려왔다. 아이들을 먼저 내보내고는 교실에서 누가 들을세라 혼자 소리죽여 울었다. 학교가 사라진다는 것이 정말 많은 것을 의미함을 처음으로 느낀 순간이었다.

신발을 챙겨 신는데, 운동장에서 하하하하 웃는 소리가 울려 퍼졌다. 우리 반 아이들 소리였다. 다행이었다. 운동장에 나가보니, 아이들이 그 매서운 겨울바람에도 겉옷을 벗어젖힌 채 운동장 한 가운데에 나란히 누워있었다.

그 때 문득 그 아이가 제 옆에 누운 다른 아이에게 이렇게 말하는 것이었다.

"와, 하늘 참 파랗다. 그치, 형?"

"응. 정말 파랗다."

"형, 우리 학교에서 오늘 같이 본 이 파란 하늘, 기억할 거지? 나가도 잊으면 안 돼!"

 아이들은 그 말에 그대로 울음바다가 되어 엉엉 울었다. 그 자리에 멈춰 선 채 나도 매서운 바람을 맞으며 한참을 울었다. 학교는 다음 한 해를 간신히 버티고는 문을 닫았다. 그리고 당시 폐교된 수많은 학교 중 하나가 되어 마을에서, 지역에서, 그리고 교육청에서 그 이름이 지워졌다.

 요즘 그때 가르쳤던 아이들이 전화를 걸어온다. 우리는 이런 저런 이야기를 나누지만 학교 이야기는 하지 않는다. 다시 찾을 학교는 사라지고 없지만, 그래도 우리 가슴에는 남아 있는 학교, 그래서 늘 슬픈 기억이기에….

 가끔 사람들이 학교가 왜 있어야 하냐고 묻는다. 나는 그때마다 그 아이가 했던 말이 떠오른다.

 "같이 본 이 파란 하늘, 기억할 거지?"

 그렇다. 같이 본 하늘을 기억하는 아이들이 있으니까 학교도 있어야 한다. 학교는 지역 사회의 뿌리이고 생명이다. 작은 학교들의 푸른 하늘을 바로 우리가, 지켜주면 좋겠다.

그 시절 개그맨이 꿈이었던 아이, 명근이에게

명근아, 네 글씨를 참 오랜만에 본다. 그때보다 조금 더 길쭉해진 거 빼면 똑같은 글씨체. 새록새록 떠오르는 너희, 민들레 3기의 추억들. 시간이 흘러도 어떻게 그렇게 하나하나 다 기억이 날까. 사랑했던 거야. 선생님은 너희들뿐 아니라 모든 제자들을 한 사람 한 사람 다 사랑하고 좋아했던 거 같아. 그러지 않고서는 그렇게 자잘한 것들까지 다 기억날 리 없거든. 그래. 사랑하니까 기억하고, 사랑하니까 보고 싶고, 사랑하니까, 그리운 거지.

게다가 선생님은 너하고 새롬이, 새린이 셋을 가르쳤잖아. 17년의 교사생활 중 한 집안의 삼남매를 다 가르친 것은 유일무이하다는 거 너희들도 알려나. 그래. 명근아. 우린 그만큼 특별한 인연이고, 선생님은 그만큼 많이 사랑하고 애써 가르쳤단다.

아, 선생님이 그 시절에도 "선생님은 꿈이 있어" 이런 말을 했다니.. 참 신기하다. 근데 선생님은 그 후로도 항상 제자들에게 "선생님은 꿈이 있어" 이런 말을 했어. 지금 우리반 민들레 14기 아이들도 듣는 이야기고 말이지. 선생님의 꿈은 현재진행형이야. 선생님들의 멘토가 되고, 좋은 작가가 될 거고, 베스트셀러도 낼 거고, 대한민국 교육계의 별이 될 거야. 그러기 위해서 선생님은 지금 이 순간도 노력하고 있어.

선생님이 너를 만났을 때의 나이, 스물 다섯. 참 좋은 나이다. 스물다섯인 지금의 너는 커트코베인을 좋아하고, 기타에 심취해서 음악이냐, 취업이냐를 놓고 고민한댔지. 그런 고민이 너를 아름다운 청년으로 키워줄 거야. 아마도 그럴 거라고 선생님은 굳게 믿어.

선생님에게, ... 잘 차려진 집밥 같았다고 했지. 진취적이고, 친절했고, 함께 공감했고, 소통했고, 울기도 했고, 웃기도 했다고.... 함께 시행착오를 겪으면서 성장한 누나?는 아닌데, 되게 친근하고 포근하고 생각나면 좋고 그런 분이라고... 떠올려보면 마냥 좋은 선생님, 그냥 되게 좋은 선생님이라고.

선생님은 그러고 보면 참 행복한 선생님이야. 가르치는 순간은 제자들 하나하나 이뻐하고 사랑했고, 사랑했으니 행복했고, 시간이 흐른 다음은 그 시절을 행복한 추억으로 기억해주고. 그래서 선생님으로서 지나온 17년의 세월이 참 감사하고 고맙다.

오늘 네 편지를 14기 아이들이 읽어달래. 읽으면 왠지 눈물이 날 거 같은데, 이 기분은 뭘까. 선생님이 요 며칠 개인적인 고민들이 좀 있었거든. 근데 오늘 네 편지를 보니, 내가 왜 웃어야 하는지, 왜 힘을 내야 하는지 알 것 같다.

명근아. 선생님은 네가 어떤 삶을 살든, 너의 선택이 옳은 것이길 바라고, 너의 삶을 응원할 거야. 아주 멀리에서 늘 같은 자리에서 변함없이. 선생님

도 사랑해. 그리고 언제나 보고 싶어. 행복하길, 그리고 건강하길. 아참, 새

린이하고 새롬이한테 안부 전해줘. ^^::

2014년 11월 12일 민들레 14기 교실에서

사랑하는 김성효 선생님이

재호는 말을 할 때면 침이 튀고 앞뒤가 전혀 맞지 않는 말을 하는 아이였다.

옆에 앉기도 싫어해서 첫날 가장 늦게 온 아이가 재호 옆에 앉았을 때

모든 아이들이 "우우~" 하는 소리를 내면서 웃어댔다.

나도 모르게 한숨이 나왔다.

화장실에 갇혔던 너는
우리를 용서했다

전라북도교육청 1층에는 '징검다리'라는 조금 특별한 북카페가 있다. 일하는 직원의 대부분은 장애가 있는 학생들이고 이들의 직업 훈련을 겸해서 카페를 운영한다. 수익금은 장애 학생을 돕는 데 쓰인다. 아메리카노 한 잔에 1,500원이라 가격도 싸고 맛도 좋아서 나는 이 카페를 종종 찾는다.

카페에서 일하는 학생들의 얼굴은 순하고 부드럽다. 아이들을 보면 일할 때의 고단함이 사라진다고 할까. 나도 모르게 바짝 조여 놓았던 마음의 끈이 살짝 느슨해지는 것을 느낀다. 그렇지만 사실 교실에서 만나는 장애가 있는 학생들이 언제나 따뜻하고 푸근하기만 한 것은 아니다. 이른바 통합학급의 담임교사에게 이 아이들은 또 다른 숙제이고 고민이다.

 학급의 학생수가 30명을 넘어가면 아이들을 이끌어 가는 것은 쉽지 않다. 아무리 신경을 쓴다 해도 교사가 시선을 주지 않는 사각지대에서 아이들은 크고 작은 장난을 친다. 혹 교실에 은근히 따돌려지는 아이가 있다면 큰 규모의 학급에서는 잘 드러나지 않는다. 그리고 큰 학급에서 따돌림을 당하는 아이들의 대부분은 장애가 있거나 특별히 배움이 더디거나 하는 아이들이다.

 장애 있는 아이를 교실에서 따돌리는 아이들을 보고 소름이 끼칠 정도로 싫었던 적이 몇 번 있다. 그런 아이들을 용서하는 게 쉽지 않았다. 비겁해보였기 때문이다. 아이들이지만 비겁한 사람을 보는 것은 불편한 일이다. 하지만 이 생각 역시 통합학급의 담임을 여러 번 해보면서 바뀌었다. 아이들에게는 아이들 나름의 룰이 있고, 가치관이 있다. 아이들을 무작정 훈계하기보다는 아이들의 생각은 생각대로 인정하면서 장애가 있는 아이들을 함께 학급의 일원으로 이끌어 갈 수 있어야 한다.

 학기 초에 친구선호도를 조사했을 때 우리 반 40명 중 39명의 아이들이 재호가 싫다고 했다. 재호는 말을 할 때면 침이 튀고 앞뒤가 전혀 맞지 않는 말을 하는 아이였다. 옆에 앉기도 싫어해서 첫

날 가장 늦게 온 아이가 재호 옆에 앉았을 때 모든 아이들이 "우우
~" 하는 소리를 내면서 웃어댔다. 나도 모르게 한숨이 나왔다.

　재호가 비장애학급에서 지내는 것을 이해할 수 없었다. 그냥 시
간을 무의미하게 보내는 것 말고는 아무것도 하는 게 없으니 학부
모를 만나면 어떻게든 설득해서 특수학교로 보내도록 해야겠다고
마음먹었다. 그런데 생각보다 상담은 빨리 이루어졌다. 3월 첫날
오후에 재호 엄마가 찾아왔던 것이다. 재호 엄마는 재호 상태를 잘
알고 있었다. 이야기가 깊어질수록 재호 엄마의 표정이 굳어져갔
다. 그리고 전년도에 재호에게 있었던 일을 이야기하면서 그만 눈
물을 흘리고 말았다.

　"재호를 아이들이 많이 괴롭혔어요. 재호가 화장실에 들어갔을
때 위에서 물을 부은 아이들이 있어요. 그것도 밖에서 못 나오게
문을 잠그고 큰 양동이로 물을 부은 거예요. 재호가 너무 놀라서
그 다음부터 혼자서 화장실에 못 갔어요. 담임 선생님이 알면 문제
가 더 복잡해질 것 같아서 담임 선생님한테는 비밀로 하고 제가 아
이들 찾아다니면서 빌었어요. 재호한테 그러지 말라고. 그런데도
아이들은 안 달라지더라고요.
　선생님, 저는 재호가 국어, 수학을 잘 하고 영어를 배우는 것을
원하는 게 아니에요. 그냥 재호 나이 때 아니면 느낄 수 없는 친구

들의 웃음소리, 어울려서 노는 것, 체육 시간에 아이들이 하는 공놀이 같은 걸 보면서 자랐으면 좋겠어요. 그래서 무리인 것 알면서도 이렇게 하고 있어요."

이야기를 들으면서 내가 가졌던 편견이 부끄러워 고개를 숙였다. 재호 엄마는 재호를 아이들이 청소함에 가두고 괴롭혔던 이야기도 했다. 청소함에 넣고 잠근 아이들 때문에 재호가 청소함에서 비명을 지르면서 울어댔다는 이야기를 들을 때는 나도 모르게 손이 떨렸다. 재호 엄마에게 사과를 하고 싶었다.

"죄송해요. 저도 사실은 정상적인 아이들 사이에서 시간을 보내는 게 무슨 의미가 있을까 생각했어요. 죄송합니다."

재호 어머니는 눈물을 닦으면서 괜찮다고 했다.

"너무 심하게 괴롭히는 것 아니면 아이들이 괴롭히는 것도 이해해요. 재호는 아이들하고 조금 다르잖아요. 하지만 재호는 아이들 옆에 있고 싶어 해요. 저하고 재호는 학교를 끝까지 다닐 수만 있다면 아이들이 괴롭히는 거 열 번이고 스무 번이고 용서할 거예요."

내가 무엇을 하면 되겠냐고 물었다. 그러자 재호 엄마는 이렇게 말했다.

"예뻐하실 필요도 없고, 특별히 신경 쓰지도 마세요. 그냥 똑같이 대해주세요. 잘못하는 것은 제발 혼내주세요. 따끔하게 야단치면 잘못하는 것이 무엇인지 배우는데, 말 안 해주면 재호는 다른 아이들처럼 눈치로 알아차린다든가 하는 것이 없으니까 몰라요. 앞으로도 모를 거구요. 그러니까 무조건 오냐오냐, 잘 한다고만 하시면 안 돼요. 공부 시간에 자거나 놀거나 돌아다니면 그것도 야단 쳐주세요. 선생님께서 야단만 잘 쳐주셔도 저는 너무 너무 고마울 거예요."

"야단치는 건 제가 잘 하는 거니까 걱정하지 마세요."
말했더니, 재호 엄마는 웃으면서 눈물을 닦았다.

그렇게 재호 엄마를 만나고 난 다음 재호를 바라보니 분명히 정상 아이와는 다르지만, 재호 나름의 생각이 있다는 것을 느낄 수 있었다. 나머지 아이들이 괘씸하기도 했지만 한편으로는 그 아이들 심정도 이해할 수 있었다. 다른 아이들은 재호를 특별대우 하는 것에 거부감이 있었다. 아이들에게는 그것이 일종의 역차별이었던 셈이다.

"장애가 있는 아이도 똑같은 친구야"라고 어른들은 말하면서도 정작 어떤 행동을 해도 늘 재호는 괜찮다고만 하니 아이들 나름으로는 불만이었던 것이다. 아직 어린 아이들이었다. 나는 나머지 아이들과 재호를 차별하지 않으려고 애썼다. 그저 잘못하는 일은 똑같이 혼내고 잘하는 것은 똑같이 칭찬했다.

재호는 국어, 수학은 조금 할 줄 알고 나머지 시간은 주로 잠을 잤다. 비 오는 날이면 창문을 열고 큰 소리로 노래를 불렀고, 아이들이 줄을 서 있어도 혼자 앞으로 나가서 급식을 먹어야 했다. 마음대로 안 되면 고집 부리면서 울었고, 떼를 쓰면서 소리도 질렀다. 그럴 때마다 소리 지르면 안 된다, 급식은 줄을 서서 먹는 것이다, 비오는 날 노래 부르는 것은 안 된다, 가르쳤다.

재호와 지내는 1년은 결코 쉽지 않았다. 나는 설리반 선생님이 아니고 재호 말고도 우리 반에는 내가 가르치고 신경 써야 할 아이들이 39명이나 더 있었다. 재호에 대한 아이들의 생각이 한순간에 바뀌는 것도 아니어서 나를 포함한 우리 반 모두는 많은 우여곡절을 거치면서 1년을 보냈다. 재호 어머니와 첫날 약속한 대로 재호를 많이 혼내고 야단도 많이 쳤다. 재호가 집에 가서 왜 나는 다른 선생님들처럼 안 해주냐고 울었다는 말을 들을 정도였다.

다음해 2월의 마지막 날이 되었을 때 재호는 편지를 한 통 써왔다. '선생님, 고맙습니다. 저를 똑같이 대해주셔서.'

02 • 교사의 상처는 노랗다

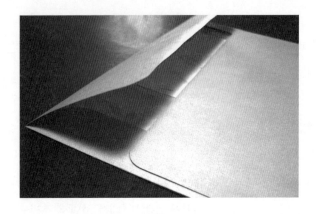

누가 쓴 문장이었을까 아주 많이 생각해보았다. 그건 아마도 재호 엄마와 재호 두 사람이 함께 쓴 문장이었을 것이다. 그리고 그것이 그 해의 '교사 성적표'였다고 생각한다. 그 해 내가 가장 크게 배운 것은 다른 거창한 것이 아니라 교실에서 가장 무서운 편견은 정작 교사인 나 자신이 쓰고 있는 색안경이라는 것을 깨달았다는 것이다.

나는 이 아이들을 통해 세상에 어떤 아이도 특별하지 않은 아이는 없다는 것을 깨달았다. 또한 장애와 비장애를 나누는 기준이 바로 나 자신이라는 것 역시 알게 됐다. 내가 그런가보다 하고 아이의 특성을 인정하는 순간 그 아이는 그냥 그 아이 자신이 된다. 거기서 이랬으면 좋겠다, 저랬으면 좋겠다 하면서 내 바람을 갖다 붙이는 순간 그 아이는 이 부분은 이래서 아쉽고 저 부분은 저래서 아쉬운 아이가 된다.

세상의 아이들은 모두 특별하다. 장애가 있는 아이라고 해서 더 특별한 것이 아니라, 모든 아이가 똑같이 특별하다. 그렇게 봐준다면 그 어떤 아이라 해도

"너는 특별한 아이란다."
말해줄 수 있지 않을까. 우리가 그런 눈으로 세상을 본다면 세상의 풀 한 포기, 꽃잎 하나도, 우리가 만나는 아이 하나도 전부 소중해지지 않을까.

수업을 보는 눈은 매우 다양하다.

수업에 정답이 없다고 말하는 이유도 그래서다.

그럼에도 불구하고 많은 이들은 수업에 마치 정답이 있는 것처럼 말한다.

그들은 자신의 방식에 맞는 수업을 좋은 수업이라고 말하고,

그 외에는 좋지 않다고 쉽게 말한다.

100번의 공개수업,
천 개의 눈물

국립부설초등학교에서 5년을 지냈다. 말 그대로 일상적인 수업 공개가 생활화된 학교다. 어림잡아도 연중 100번 이상의 수업을 공개한다. 처음에는 떨면서 하지만 시간이 흐르면서 공개수업에도 의연해지고 어지간한 실수에는 눈 하나 깜짝 하지 않을 정도로 무던해진다.

그뿐만 아니라 학생들 역시 다른 사람의 시선에 아랑곳하지 않고 하고 싶은 말이면 무엇이든 한다. 덕분에 아이들 발표나 토의도 자연스럽다. 그에 못지않게 학부모도 열정적이어서 0교시에 하는 공개수업에도 참여율은 90%를 넘어선다. 수업에 열의를 가진 교사라면 부설초등학교에서 본인이 해보고 싶은 거의 모든 형태의 수

02 · 교사의 상처는 노랗다

업을 해볼 수 있을 것이다.

나는 무엇보다 아이들의 창의성을 키울 수 있는 수업 방법에 대해 고민했다. 2010년 전국 창의인성모델학교 수업 공개에서는 창의적 사고 기법을 적용한 사회과 수업을 했다. 당시 처음 시도하는 창의적 사고 기법을 적용한 수업에 전국에서 관심 있는 많은 교사들이 참관하였다. 내가 했던 사회과 수업에는 강원부터 제주까지 70명이 넘는 교사들이 참관했는데 복도까지 몰려든 참관자들 때문에 교실 창문을 모조리 떼어야 할 정도였다.

그날 수업은 수업안이 있긴 해도 예측하기 어려운 수업이었다.

'학습 목표를 학생들끼리 상의해서 정한다. 정한 목표에 따라 수업 방법도 학생들이 정하고 그에 맞게 학생들이 수업을 진행한다.' 이 것이 내가 생각했던 그날 수업의 핵심이었기 때문이다. 교사는 보조이자 안내자 정도로 역할을 축소시켜 놓았으므로 죽이 되든 밥이 되든 아이들이 알아서 수업을 끌어가야 했다.

아이들은 학습 목표를 정하고, 수업 방법도 평소 하던 대로 한참 토의하여 결정했다. 다양한 의견들이 쏟아져 나왔다. 아이들끼리 서로의 생각을 존중하고 주의 깊게 경청하는 모습도 훌륭했다. 수업 목표와 수업 방법을 정하느라 앞에서 쓴 10분만큼 수업이 늦게 끝이 났지만 그것을 빼고는 만족한 수업이었다.

수업이 끝난 다음, 교실에서 협의회가 열렸다. 협의회에 남은 교사들 가운데에는 다른 지역 교사들도 많았다. 대학 때 친했던 선배도 있었다. 그런데 문제는 여기부터였다. 어느 교감 선생님이 몇 가지 짚고 넘어갈 것이 있다고 말을 꺼냈다.

"첫째, 왜 사회 시간인데 교과서를 펴지 않았습니까? 교과서에 밑줄 한 번 안 치고, 교과서 한 번 안 읽는 사회 수업이 어디 있습니까. 둘째, 아이들이 토의를 너무 잘 하던데, 다 짠 거잖아요. 부설에서는 이렇게 공개수업에서 연극을 해도 되는 겁니까? 셋째, 부설 교사가 프로 의식이 없어도 너무 없습니다. 시간을 10분을 넘겨 끝내는 것이 어찌 프로라고 할 수 있습니까."

나는 내 수업에서 교과서는 교재 중 하나다. 아이들이 토의를 잘 하는 것은 맞지만 연극은 아니다. 연극한 수업이었으면 10분 넘겨 끝내지도 않았을 것이다. 시간을 넘긴 것은 사실이지만 아이들이 수업 목표를 정하고 학습 방법까지 정한 것이야말로 가치가 있었다고 믿는다, 라고 대답했다.

그러나 그 다음 돌아온 말은 더 심했다. 무턱대고 쏟아지던 비난에 나는 할 말을 잃었다. 그리고 쥐구멍이 있으면 숨고 싶을 정도로 부끄러웠다. 내 수업이 부끄러운 게 아니라, 그런 수업 협의 문화가 우리 지역에 남아있다는 게 부끄러웠다. 수업 협의는 수업 공개보다 더 중요하다. 좋은 협의는 수업보다 더 많은 것을 이야기하게 되고, 수업을 통해 배운 것을 넘어서 모두가 함께 귀중한 가치들을 공유하기 때문이다.

수업을 보는 눈은 매우 다양하다. 수업에 정답이 없다고 말하는 이유도 그래서다. 그럼에도 불구하고 많은 이들은 수업에 마치 정답이 있는 것처럼 말한다. 그들은 자신의 방식에 맞는 수업을 좋은 수업이라고 말하고, 그 외는 좋지 않다고 쉽게 말한다.
수업에 대한 정답은 어디에 따로 있는게 아니다. 그것은 각자의 수업에서 찾아야 하는 것이고, 수업의 열쇠는 누구도 아닌, 교사 자신이 찾아내야 하는 것이다. 그 열쇠를 찾기 위해 고민하는 것이 바로 수업 협의회여야 한다. 일방적인 칭찬이나 비난이 아닌, 함께 고민하는 시간, 다른 교사들의 고민이 내 것일 수 있음을 알게 되는 시간, 그렇게 귀한 시간이어야 하는 것이다.

교사가 수업을 공개하는 것 못지않게 중요한 것은 공개 수업이라는 무대에서 내려온 다음이다. 아이들과 같이 노력해온 시간에 대해 함께 이야기 나누고 아이들이 그 과정에서 무엇을 배우고 있고, 어떤 방식으로 배워 가는지 찾아내야 한다. 그리고 교사 자신은 수업을 통해 무엇을 배웠는지 물어야 한다.

나는 100번의 공개수업 뒤에는 천 개의 눈물이 있다고 생각한다. 수업안을 준비하면서 흘리는 땀방울과 아이들과 같이 수업하면서 겪는 말로는 설명하기 어려운 성장, 그리고 수업 협의를 통해서 배우게 되는 깊은 성찰이 바로 그것들이다.

좋은 공개수업은 따로 있는 게 아니다. 교사가 수업을 준비하고 고민하는 것이야말로 공개수업을 하는 이유다. 주제를 가지고 아이들과 같이 수업을 통해 풀어가는 과정, 그것이 공개수업이고 그를 통해 교사 자신도 성장해갈 수 있어야 한다.

· 03 ·

꿈에 물들다

일러스트 | 참쌤스쿨 오토리 작가

아마도 우리 모두는,
누군가에게 천사일 것이다.

내가 경험한 6학년은 한마디로 말해 '하루 종일 배고픈 아이들'이다.

그리고 솔직히 아이들뿐만 아니라 아침을 자주 굶는 나 역시도

아이들 못지않게 배가 고팠다.

나는 아이들과 함께 배부른 교실을 꿈꾸곤 했다.

와플 굽는 미녀가
되다!

사춘기 아이들은 아침잠이 많다. 아침에 늦게 일
어나는 만큼 하루의 시계는 뒤로 미루어진다. 저녁에는 잠이 오지
않아 뒤척이다가 이런 저런 딴 생각에 빠진다. 저녁에 늦게 자니
아침에는 늦게 일어나고 저녁에는 다시 잠이 오지 않는 악순환이
반복된다. 덕분에 고학년 아이들치고 일찍 일어나서 부지런하게
학교에 오는 아이들은 많지 않다. 늦잠 잔 아이들은 서둘러 나오느
라 아침을 굶기 일쑤다.

배고픈 상태에서 오전 수업을 바쁘게 하고나면 급식 시간이지만
6학년 아이들은 모든 학년이 다 먹은 다음에야 점심을 먹는다. 한
창 성장기에 있는 아이들은 방과 후에 다시 배고파한다. 학교 앞에

서 군것질 하는 아이들도 있지만 돈이 없는 아이들이 돈 있는 아이들에게 하나만 사줘, 하나만 사줘 하며 졸졸 따라다니는 모습도 많이 봤다. 내가 경험한 6학년은 한마디로 말해 '하루 종일 배고픈 아이들'이다. 그리고 솔직히 아이들뿐만 아니라 아침을 자주 굶는 나역시도 아이들 못지않게 배가 고팠다. 나는 아이들과 함께 배부른 교실을 꿈꿨다.

처음엔 '학급운영비로 빵을 사갈까' 했다. 그런데 빵을 어떻게 매주 살 수 있겠는가. 한 봉지에 3천 원짜리 식빵을 열 번 사면 3만 원이다. 쥐꼬리만 한 학급운영비로는 턱도 없는 일이다. 빵 대신 생각해낸 것이 와플이었다. 먼저 와플 굽는 기계를 샀다. 그리고 와플 반죽과 시럽 등을 샀다. 다 합해도 5만 원을 넘지 않았다.

와플 반죽은 매우 간단해서 준비한 믹스 가루에 교실에 항상 몇 개씩 남아도는 급식 우유를 붓고, 집에서 아이들이 가져온 갓 낳은 달걀을 넣어 휘휘 젓기만 하면 된다. 이 반죽을 와플 틀에 넣고 3분만 구우면 끝이다. 가끔 초콜릿도 넣고 아이들이 가져온 시럽도 뿌리면 그럴싸한 진짜 와플 같았다.

아침마다 교실에서 아이들과 와플을 구웠다. 내가 굽는 것보다 아이들이 굽는 게 더 맛있었다. 가끔 와플을 태우기도 했지만 아이

들은 그것조차 무척 재미있어했다. 우리 반 와플이 너무 맛있다고 일부러 아침을 굶고 오는 아이들이 있을 정도로 인기였다. 고소한 와플 냄새가 복도까지 흘러나오면 다른 반 아이들도 구워달라고 우리 교실에 찾아오곤 했다.

이 이야기는 SNS를 통해 많은 선생님들에게 알려졌고 급기야는 교실에 EBS《다큐프라임》촬영팀이 찾아오게 됐다. 교실에서 와플을 굽는 모습이 전국적으로 방송을 타게 된 것이다. 방송에서 나의 닉네임은 '와플 굽는 미녀'였다. 《다큐프라임》에 출연하는 것은 교사로서의 내 오랜 소망이기도 했다. 아이들과 같이 생활하는 모습을 멋지게 담아준 덕분에 나는 '와플 굽는 미녀 샘'이 되었다. 방송을 보고 많은 분들이 함께 행복해하셨다.

어쩌면 그 때 내가 구웠던 것은 와플이 아니라 사랑이 아니었을까, 문득 생각해본다. 매일 바삭하게 구워지던 우리 교실의 와플은 아마도 선생님이 주는 작은 사랑의 상징이었을 것이다. 방송 중 우리 반 아이 하나는 "학교에도 엄마가 한 명 더 있는 느낌"이라고 말해주었다. 그 장면을 보면서 그만 울컥해서 눈물이 핑 돌았다.

우리 교실의 와플 이야기를 듣고 전북의 모든 학교에 와플 기계를 사주고 싶다고 하셨던 어느 사업가가 있었다. 나는 그저 웃었다. 와플을 구워서 행복했던 게 아니라, 아이들의 마음을 읽을 수 있어서 행복했던 것인데, 그건 말로 간단하게 설명할 수 있는 게 아니었다.

행복한 교실은 멀리 있지 않다. 좋은 교사가 그리 대단하고 큰 것도 아니다. 아이들과 교사가 함께 웃을 수 있다면 그것으로 충분하다. 긴 시간 행복한 교실을 만들기 위해 헤매었지만, 돌아보건대 그런 교실은 힘들고 어렵게 만드는 것이 아니라 와플처럼 아주 작은 것, 어쩌면 조금 세심한 마음 씀에서 시작하는 것이었다.

오늘도 어느 교실에선가는 또 다른 '와플 굽는 미녀 샘'이 아이들에게 와플이라는 이름의 사랑을 구워주고 있지 않을까.

나는 그들에게 삶의 굴곡을 견디어낼 만큼의 마음을 빚졌다.

내가 이 삶을 열심히 살아야 하는 이유는 바로 그들에 대한 마음의 빚을

나 역시 다른 누군가에게 갚아야 한다고 믿기 때문이다.

당신은 천사와 커피를
마셔본 적이 있습니까

20년쯤 전에 언니가 터키에 다녀와서 이런 말을 했다.

"너는 천사를 만난 적이 있니?"

그러더니 언니는 천사를 만난 이야기를 해주었다. 터키에서 길을 잃어 외딴 골목에서 헤매게 되었는데, 누가 길을 안내해주었단다. 그 골목은 가끔씩 인신매매가 이루어지기도 하는 곳이었는데, 그가 골목 끝까지 무사히 데려다주고는 그대로 사라져버렸다는 것이다. 언니는 그 사람이 천사였다고 말했다.

"어떻게 알아?"

나는 물었다.

"그냥 알아, 너도 천사를 만나면 알 수 있을 거야, 이 사람은 천사구나, 하고 말이야."

언니의 대답이었다.

그 말을 20년이 지난 지금에야 이해한다.

우리는 살아가면서 때로 천사를 만난다. 꼭 날개가 있어야만 천사이겠는가. 아닐 것이다. 돌아보면 꼭 필요한 삶의 어느 순간에 내 곁에 있어준 사람들이 있다. 너무나 고독할 때 내게 손을 내밀어 혼자가 아니라고 해준 사람도 있고, 깊은 슬럼프에 빠져 허덕일 때 교사는 성장하는 나무와 같으니 자존감을 낮추지 말라 말해준 이도 있고, 꼭 필요한 순간에 꼭 필요한 이야기를 나누어준 사람도 있다. 어쩌면 그들 모두가 내가 만난 천사이지 않을까.

첫 번째 책인 《학급경영멘토링》을 내고 난 다음 깊은 슬럼프에 빠졌다. 한참을 우울함에 허덕일 때 나에게 따뜻한 말을 해준 이가 있다. 그는 내게 "사람은 성장하는 나무와 같으니 자존감을 함부로 낮추지 말라"라고 했다. 그 말이 어찌나 위로가 되던지, 나는 요즘도 힘들 때면 가슴 속에서 그 문장을 꺼내어 들여다본다. 말없이 가만히 눈을 감고 그 문장을 떠올리면 가슴 가득 힘이 솟는다. 마치 가슴 속을 적셔주는 따뜻한 소나기 같다. 진정 내 평생에 잊을 수 없는 한 마디다.

학교에서 가끔 뼛속까지 외롭고 고단하여 내가 하려고 했던 모든 일을 내팽개치고 싶을 때도 있었다. 이럴 때마다 내 곁에서 함께 해준 좋은 이들이 있다. 아무런 대가도 없이, 아무런 조건도 없이 그저 인간 김성효를 아끼고 사랑해준 사람들, 그런 이들이 있었기에 나는 내 길을 끝까지 포기하지 않고 여기까지 올 수 있었다. 좋은 동료들, 따뜻한 학부모들, 그리고 언제나 성효샘을 사랑하고 응원해준 아이들, 그런 모든 이들이 내겐 천사였다.

부설초등학교에서 만났던 교장 선생님 한 분도 잊을 수 없다. 참따뜻하고 좋은 분이셨다. 나처럼 좌충우돌인 교사가 부설초등학교에서 5년을 버틸 수 있었던 것은 모두 그 때 만난 서상곤 교장 선생님 덕분이다.

부설 1년차 때, 교과서 분석을 한참 하던 중이었다. 일이 너무 많아서 모든 교사가 야근을 하는 참이었다. 아이를 맡길 데가 없어서 교실로 데려왔다. 대충 자장면으로 저녁을 때우고 아이에게 만화영화를 하나 틀어주었다. 교실 프로젝터에서는 만화가 흘러나오고 아이는 반듯하게 앉아 영화를 보았다. 한참 일에 몰두해 있다가 문득 조용해서 쳐다보니 아이가 팔을 괸 채로 그대로 잠들어 있었다.

아이 곁에 다가가 그 얼굴을 들여다보는데, 순간 멍해졌다. 아이의 고단한 얼굴과 지친 표정에 한 순간 자괴감이 밀려왔던 것이다.

　책상 두 개를 붙인 다음 입고 있던 쟈켓을 벗어서 책상 위에 깔고 아이를 눕혔다. 그리고는 다시 물끄러미 아이를 들여다보다가 나도 모르게 눈물이 뚝뚝 떨어졌다. 무엇을 위해서 이렇게 살고 있나 싶었다. 아이도 제대로 돌보지 못하면서 무엇을 하겠다고 이러고 있나 생각했다. 지금 내가 하고 있는 일이 사랑하는 아이를 책상 위에서 재워야 할 정도로 가치 있는 일인가 스스로에게 물으니 대답하기가 어려웠다.

　다음 날 교장실로 찾아갔다. 그날 교장선생님은 힘들어서 더는 못 있겠다고 말하는 나에게 이런 말씀을 해주셨다.

　"성효 샘이 힘든 거 알아요. 아마 이 학교에는 그렇게 어린 아이를 키우는 엄마가 없으니 더 그렇겠지요. 학교에 남고 안 남고는 성효 샘의 선택입니다. 그렇지만 아이는 부모의 등을 보고 자란다고 했습니다. 성효 샘이 자신의 삶을 통해서 아이에게 일하는 엄마로서의 삶을 보여주면 어떨까요. 일하는 엄마가 당당하게, 그리고 열심히 살아가는 모습을 보여줄 수 있다면 그것으로도 멋질 거예요. 아이들에게 김성효 선생님의 삶을 통해 이야기하세요. 하고 싶은 일을 하면서 멋지고 당당하게 살아가는 모습을 아이들에게 보여주세요. 나는 성효 선생님이 우리 교육계의 샛별 같은 사람이 될 거라고 믿습니다. 한 번 더 깊이 생각해보세요."

교장실을 나오면서 펑펑 울었다. 그 말은 너무나 따뜻하고, 확실했다. 김성효라는 교사에 대한 믿음, 그리고 앞으로의 삶에 대한 희망을 보여준 말이었기 때문이다.

교장 선생님이 해주셨던 그 이야기는 내 평생에 남은 육아지침이 되었다. 교장 선생님은 같이 근무하는 4년 반 동안 내게 늘 교육계의 샛별이 될 사람이니까 작은 일로 흔들리지 말고 꿋꿋하게 견뎌내라고 이야기해주셨다. 그 말씀 하나하나가 얼마나 고맙고 따뜻했는지 모른다.

돌아보면 나에게는 삶의 고비마다 그렇게 따뜻한 이들이 꼭 있었다. 나는 그들에게 삶의 굴곡을 견디어낼 만큼의 마음을 빚졌다. 내가 이 삶을 열심히 살아야 하는 이유는 바로 그들에 대한 마음의 빚을 나 역시 다른 누군가에게 갚아야 한다고 믿기 때문이다. 내가 누군가에게는 또 다른 천사가 될 수도 있지 않을까, 힘들고 지쳐서 울고 있는 이들에게 따뜻한 위로의 손길을 내밀어주는 사람이 될 수 있지 않을까, 생각하기 때문이다.

아마도 우리 모두는 누군가에게,
천사일 것이다.

영리한 아이들을 가르치다가 느낀 것이 하나 있다.

다른 아이들보다 배우는 속도가 느린 학습더딤 학생을 꾸준하게 돕고 격려해서

정상적인 수준으로 끌어올리는 것도 중요하지만,

속도가 빠른 아이들 또한 적절하게 자극할 수 있어야 한다는 것이다.

배움, 그것은 오로지
속도의 차이 -
겁나게 빠른 아이

스무 살. 참 좋은 나이다.

나의 오래 전 스무 살 시절을 생각하면 무라카미 하루키가 떠오른다. 그 시절은 유난히 일본 작가들이 한국에서 인기를 끌었다. 나는 교대 도서관에 있는 일본 작가 소설들을 죄다 섭렵했다. 특히 좋아한 게 무라카미 하루키의 《노르웨이의 숲》이었다. 당시에는 문학사상사에서 《상실의 시대》라는 제목으로도 나와 있었지만, 나는 노란 색 표지의 모음사에서 나온 《노르웨이의 숲》을 곁에 두고 자주 읽었다.

하루키의 약간 쓸쓸한 뒷맛이 나는 문장들이 좋아서 어떤 문장들은 지금까지도 선명하게 기억한다. '나도 매일 아침 나 자신의 태

03 · 꿈에 물들다

엽을 감고 있다'라든가 '봄날의 곰만큼 네가 좋아' 같은 문장들. 그리고 잊을 수 없는 문장 하나가 '그 애에게 피아노 레슨을 하는 일은 참 즐거웠더랬어요. 고성능 스포츠카를 타고 고속도로를 질주하는 것 같은 기분이었죠'이다.

교사가 된 다음 나는 그 문장을 정확하게 이해하게 됐다. 하루키의 그 말은 사실이었다. 머리가 좋은 아이는 말 그대로 스포츠카를 타고 달리는 것처럼 이해하는 속도가 빠르고 하나를 알려주면 둘 셋을 이해한다. 교사가 대충 하나를 툭 던져도 학생이 둘 셋을 이해하니, 이 얼마나 편한가.

이런 아이들은 집중력이 좋고, 어휘력도 좋다. 남들이 잘 이해하지 못 하는 방식으로 문제를 풀어내는데, 설명해보라고 하면 청산유수로 자신의 논리를 증명해낸다. 그야말로 아, 머리가 좋구나, 라고밖에는 설명이 되지 않는다.

내가 겪었던 아이들 가운데 이런 아이는 많지 않았다. 대략 백 명에 한두 명 정도 있을까 말까 했다. 그런데 이 매우 영리한 아이들을 가르치다가 느낀 것이 하나 있다. 다른 아이들보다 배우는 속도가 느린 학습더딤 학생을 꾸준하게 돕고 격려해서 정상적인 수준으로 끌어올리는 것도 중요하지만, 속도가 빠른 아이들 또한 적절하게 자극할 수 있어야 한다는 것이다.

P는 수학을 매우 잘 하는 아이였다. P는 교육학 책에서 읽은 영재의 특성을 죄다 갖춘 아이였다. 집안에 머리 좋은 사람들이 많다는 이야기를 얼핏 들었는데, P는 수학, 과학, 영어 할 것 없이 머리로 하는 것은 뭐든 잘 했다. 집에서 따로 공부를 시키지 않는데도 그렇게 잘 했다. 과외는 물론이고 학원 한 번 거치지 않았는데도 그랬다. 기억력도 비상했고 연산도 매우 정확해서 계산기보다 정확하다고 아이들이 계산기라는 별명으로 부를 정도였다. P가 한 번 시작한 공부를 끝내지 않고 다른 일을 한다는 것은 있을 수 없었다.

새 학기가 시작되어 몇 주를 지내면서 P가 특수한 아이라는 걸 깨달았다. 생각하는 방식이나 문제를 해결하는 방법이 독특했다. P의 방식이 훨씬 쉽고 효율적이었다. 가끔은 내 생각보다 앞서 있는 것도 있어서 수업하는 게 점점 재미있어졌다. 수업하면서 우리가 한참 이야기를 하다보면 다른 아이들이 멍 하니 바라보기만 할 때도 있었다. P로 인해서 수업을 하는 중간 중간 톡톡 건드려지는 두뇌의 리듬감까지 느낄 정도였다. 두뇌트레이닝 하는 느낌이었다고 하면 정확한 표현일까. 새로운 느낌이었다.

공부 잘 하는 아이들은 많이 봤어도 그런 아이는 처음이었다. 전년도 담임은 공부를 잘 하기는 해도 그렇게 특수하다는 것까지는 모르겠다고 했지만 나는 알 것 같았다. 그 아이는 건드려지기를 기다려온 봉숭아꽃 같은 아이였다. 적절하게 건드려주면 그 재능이 톡 하고 터질 것 같았다.

P를 방과 후에 따로 불러서 수학 문제 푸는 방식에 대해서도 이야기를 나누고, 과학의 원리에 대해서도 따로 공부하게 했다. 가끔은 왜 이런 부분도 모르냐는 식으로 툭 건드리듯 한 마디 하면 보란 듯이 밤을 새워 한 걸음 더 나아간 공부를 해왔다. 그러면 그 속에서 마음에 드는 것은 과제를 주어 보고서를 써오게 하고, 써온 보고서에 대해서는 다시 이야기를 나누었다.

P에게 교과서는 의미가 없었다. 나는 P에게 다른 아이들을 가르칠 수 있게 해주었고, P는 자신의 방식으로 문제를 쉽게 푸는 방법을 친구들에게 가르쳐주곤 했다. P는 그런 시간을 재미있어 했다. 아이들을 가르치고 돕는 과정에서 P는 자신보다 배우는 속도가 느린 친구들을 이해할 수 있었다.

P는 자라면서 점점 더 성숙해져갔다. 정신적으로 성숙해지면서 P는 겸손하고 예의 바르게 말할 줄 알고 남을 위해 자신이 가진 재

능을 나눌 줄 아는 아이로 잘 자라주었다.

   그 시절 P에게 필요했던 것은 적절한 어떤 터치 같은 것이었다고 생각한다. 어쩌면 학습더딤 아이들에게 우리 교사들이 갖는 책임감 같은 것이 크기 때문에, 반대로 학습 속도가 빠른 아이들에게는 마음을 덜 쓰는 것은 아닐까 생각도 해본다. 그냥 내버려두어도 알아서 잘 하는 아이들인데 하는 생각이 오히려 영특한 아이들을 친구들에게서 멀어지게 하는 것일 수도 있지 않을까 싶다.

   속도가 느리거나 빠르거나 상관없이 각자의 개성과 재능대로 존중받는 것이 교실에서는 필요할 것이다. 반짝거리는 스포츠카가 부담스럽다고 그냥 두고 걸어갈 수는 없지 않은가.

학부모 상담에서 "틀렸다", 혹은 "아니다" 같은 말은 담임교사로서 쓸 말이 아니지만

이럴 때는 분명하게 생각을 말하는 편이 낫다.

나는 앞으로 1년 동안 담임교사로서 이 아이를 책임지고 가르쳐야 하고

그 의지를 보여주어야 한다고 생각했다.

"올 한 해 가기 전에 진수가 해낼 수 있다는 것을 꼭 보여드리겠습니다."

배움, 그것은 오로지
속도의 차이2 -
한없이 느린 아이

정신과 의사인 지인의 이야기를 들은 적이 있다.
새 학기가 되면 초등학교 1학년 학부모들을 상담하느라 눈코 뜰 새
없이 바쁘다고 한다. 도대체 초등학교 1학년 학부모들과 무엇을 상
담하느냐 물었더니, 그 답이 참으로 기가 막혔다

"담임선생님들이 한글을 못 읽는다고 지능이 떨어지는 거 같으
니까 병원 가보라고 한대요. 1학년 학부모들은 담임선생님이 그렇
게 말하면 당장 병원 가서 지능검사를 받아야 하는 줄 알고 상담을
오지요."

충격이었다. 8살 아이를 한글을 못 읽어서 지능이 떨어지는 것

같다고 정신과에 보내는 교사들이 있다는 사실이 너무나 놀라웠다. 그는 3월이면 한 주에 세 명 꼴로 같은 문제를 상담하러 초등학교 1학년 학부모들이 아이 손을 끌고 병원에 찾아온다고 했다. 이것이 어디 그 병원만의 이야기일까. 이 이야기를 듣고 교사의 시선이라는 것이 얼마나 중요한지 생각해보았다.

학습에 유난히 자신감이 떨어지는 아이를 가끔 본다. 이런 아이들의 속내를 들여다보면 대부분 학습에 대한 자신감이 떨어질 만한 사건을 겪었다는 공통점이 있다. 교사가 무심코 던진 '그것도 못 하냐'는 한 마디, 친구들이 흘리듯 뱉은 무시하는 말, 시험에서 낮은 점수를 받았던 기억들, 남들에겐 별 것 아닌 것처럼 보일지 몰라도 이런 상처가 반복될 경우 아이에게 학습에 대한 무력감을 심어주고 자신감을 떨어뜨려 결국 아이는 학습 부진으로 가는 길을 걷고 만다.

6학년 진수는 학교에서 알아주는 학습 부진 학생이었다. 가르쳐본 선생님들 누구나 반에서 가장 공부 못 하는 아이로 진수를 꼽아서 맡기 전부터 살짝 걱정됐다. 동료에게서 건네 들은 것처럼 혼자만 수업도 이해 못 하고, 수학도 전혀 못 하는 아이라면 정상적인 수업이 가능할까 싶었다.

그런데 겪어보니 소극적이지만 장난을 좋아하는 평범한 아이였다. 특별히 지능이 떨어지는 것도 아니고, 그저 다른 아이보다 이해하는 속도가 느린 아이였다. 조금 더 살펴보니 공부를 위해 머리를 써보지 않은 아이였고, 글을 읽고 뜻을 파악하는 것도 다른 아이들보다 약했다. 6학년 읽기 교과서는 그 지문이 길다. 지나치다 싶을 정도로 긴 문단도 많다. 그렇게 지문이 긴 교과서를 읽고 이야기를 나누다보니 자연스럽게 독해력이 부족한 것이 드러났다.

읽고 말하기, 논리적인 글쓰기, 조직적인 사고, 수학 기본 연산 능력 등이 전반적으로 부족하다 보니 자신감도 당연히 떨어졌다. 학기 초 진단평가 수학 과목에서는 40점을 간신히 넘겼다. 진단평가 문제의 특성상 그다지 어렵지 않은 문제들이었음에도 기본적인 연산도 잘 못 한다는 게 눈에 띄었다. 6학년이고 곧 진학을 앞둔 아이로서 공부를 포기한 지 오래구나 싶었다. 그래서 학부모 상담을 기다렸다.

진수 엄마에게 내가 본 그대로 말해주었다. 그러자 이런 답이 돌아왔다.
"선생님, 우리 진수는 공부 머리가 아니에요. 머리가 안 따라주니까 답답해서 더 고생만 하는 것 같아요. 저는 굳이 그렇게까지 하면서 공부 시킬 생각이 없어요. 그냥 저 하고 싶은 것 하면서 일

배워도 먹고 살 수는 있으니까 공부하라고 해본 적이 없어요. 스트레스 주고 싶지도 않고 앞으로도 그렇게 하고 싶지 않아요."

진수 엄마는 공부 머리가 따로 있다고 굳게 믿었다. 학부모 상담에서 틀렸다, 혹은 아니다 같은 말은 담임교사가 쓸 말이 아니지만 이럴 때는 분명하게 생각을 말하는 편이 낫다. 나는 앞으로 1년 동안 담임교사로서 이 아이를 책임지고 가르쳐야 하고 그 의지를 보여주어야 한다고 생각했다.

"아니에요. 그건 진수 엄마가 틀렸습니다. 공부하는 머리가 따로 있는 게 아니라 공부는 누구나 다 잘 할 수 있는 거예요. 공부머리가 따로 있다면 세상이 얼마나 불공평해요. 그런데 그렇지 않아요. 공부에는 오직 아이마다 속도의 차이가 있을 뿐이에요. 저를 믿고 맡겨주시면 제가 진수도 할 수 있다는 것 보여드릴게요."

진수 엄마는 의아해했다. 물론 내 말을 그다지 믿는 기색도 아니었다. 그래서 한 마디 더 굳게 쐐기를 박았다.

"어머니, 다른 것 말고 김성효라는 교사를 한 번 믿고 맡겨주세요. 제가 올 한 해 가기 전에 진수가 해낼 수 있다는 것을 꼭 보여드리겠습니다."

학기 초에 학부모와의 신뢰가 굳게 자리 잡으면 나머지는 교사가 하기 나름이다. 나는 학부모에게 감히 '김성효'라는 교사를 믿고 맡겨달라는 말을 했으니, 죽으나 사나 이 문제를 해결해야 한다, 이건 나의 숙제다, 라고 생각했다. 6학년 아이의 수학 더딤을 해결할 수 있냐 없냐의 문제는 겪어본 사람만 알 것이다. 결코 간단치 않다. 나는 장기, 중기, 단기로 나누어 이 문제에 접근했다.

장기 전략은 1년 동안 꾸준히 할 수 있는 자기주도학습의 습관을 지도하는 것이다. 1년 동안 꾸준하게 셀프학습체크리스트를 활용하면서 생활하는 것을 지도했다. 진수를 비롯한 많은 아이들의 삶이 놀라울 만큼 변화되고 성적이 향상되는 것을 지켜보았다. 자기주도학습을 가르치는 것은 학습에 대한 자신감을 회복하고, 생활태도를 바로잡을 수 있는 가장 좋은 방법이다.

중기 전략은 도달하고자 하는 목표치를 상반기와 하반기로 나누어 잡고 그것을 달성하기 위해 노력해야 하는 내용을 구체적으로 지도하는 것이다. 그에 따른 단기 전략도 따로 세우게 했다. 단기 전략은 자신이 가장 취약하다고 생각하는 부분을 아주 기초적인 것부터 다시 잡아가는 방식이다. 수학을 못하는 진수는 아주 간단한 덧셈, 뺄셈, 나눗셈, 곱셈 같은 사칙연산부터 다시 시작하게 했다.

그리고 그에 덧붙여 다른 아이들이 서로를 인격적으로 무시하는 언행을 절대 하지 못하도록 철저하게 지도했다. 아이들과 인권에 대해 공부한 것이 큰 도움이 됐다. 1천 자 이상의 에세이로 사회 문제에 대해 자신의 의견을 표현하게 한 것도 역시 아이들의 생각을 바꿔 나가는 데 큰 몫을 했다. 아이들은 서로를 인격적으로 무시하거나 괴롭히는 일을 하지 않으려 노력했다. 나 역시 그랬다. 아이들을 인격적으로 존중하려 했고, 아이들에게 나에게도 그렇게 해 달라고 말했다.

　이런 것들이 결코 쉬운 방법은 아니지만, 중요한 것은 교실에서는 본질에 접근할 때 그 문제가 해결된다는 것이다. 나는 이런 1년을 지내면서 진수의 눈빛과 삶에 대한 태도가 변하는 것을 보았다. 처음에는 수업에 참여하는 태도가 좋아졌고, 그 다음은 예습하고 복습하는 것에 성실해졌다. 그리고 다른 아이들과 싸우는 대신 말로 의사를 표현하는 것을 배워갔다. 진수는 학년말 수학 시험에서 당당히 100점을 맞았다.

　6학년의 학년말 수학 시험은 쉽지 않다. 소수점 계산이 있고, 확률과 경우의 수를 이해해야 하고, 통계, 비와 비율 등에 대해 알아야 한다. 이 모든 것을 진수가 해낸 것이다. 뿌듯하고 좋았다. 그리고 이 결과에 대해 많이 생각해보았다. 끼고 가르친 게 아니다. 방

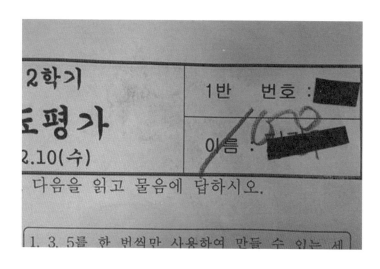

법을 가르쳐주고 수업을 즐겁게 참여할 수 있도록 해주었을 뿐인데, 정말로 그게 다인데 진수가 해낸 것이다. 진수에게 고마웠다. 아이들이 진수를 보는 눈이 더욱 달라졌음은 물론이다. 진수 엄마에게 전화를 걸어 진수가 수학 시험에서 100점을 맞은 이야기를 해드렸다.

"저는 약속 지켰으니, 진수 엄마도 진수 좋아하는 맛있는 반찬 많이 해주고, 칭찬해주세요."

다음날 물어보니 엄마가 저녁에 진수가 좋아하는 반찬을 해주셨는데, 같이 밥을 먹다가 우셨다고 했다. 왜 우신 것 같냐고 물어보

03 • 꿈에 물들다

니, 진수가 쑥스러운 표정으로 수학 시험 100점 때문이었던 것 같다고 대답했다. 진수 눈에 눈물이 핑 돌았다.

교사가 믿어주는 마음으로 아이를 기다려줄 수 있다면 진수 같은 사례는 얼마든지 볼 수 있다. 아이는 믿어주는 만큼 자라기 때문이다. 그리고 그 믿어주는 교사가 되어 아이에게 어떻게 공부하는 것이 옳은 것인지 방향을 가르쳐준다면 그보다 더한 지도가 없기 때문이다.

말을 물가에 데려가는 것도 중요하지만, 물을 마셔야 살아갈 수 있다는 것을 가르쳐주는 것도 중요한 것 아닐까. 물이 얼마나 맛있는지 알려주는 것, 참을 수 없게 목마르게 하는 것, 그것이야말로 가장 중요한 공부일 것이다.

열정적인 가르침에는 언제나 한계가 있었다.

나와 같이 공부하는 동안은 아이의 성과가 어떻게든 끌어올려지는데

다른 선생님을 만나면 다시 원점으로 돌아갔다.

문제가 해결되지 않는 게 이상하고 안타까웠다.

그리고 시간이 한참 흐른 다음에야 배움이 더딘 아이들을

어떻게 지도해야 하는지를 깨달았다.

미션 클리어, 가르치고 배우는 아이들

배움이 더딘 아이들을 만나면 가장 힘든 게 아이들의 자존감이 낮다는 것이다. 아이의 낮은 자존감은 어지간해서는 쉽게 끌어올려지지 않고 수업 시간에도 무기력하기 때문에 이런 아이들과 같이 생활하는 것은 교사에게도 결코 쉽지 않다. 특히 열정적인 교사들에게는 이 아이들이 마치 하나의 큰 벽처럼 느껴지기 마련이다. 실제로 《기적의 수업멘토링》을 쓰면서 인터뷰했던 젊은 선생님들의 대부분이 학습더딤 학생들을 가르치는 게 가장 힘들다고 고백했다.

나 역시 남보다 피가 1도 더 뜨겁다는 소리를 들어온 교사인지라 아이들이 내가 원하는 속도보다 느리거나 배움이 더딘 경우는 내가 더 못 참아했다. 어떻게든 성과를 보고 싶어 했다. 그래서 아이들을 방과 후에 남겨 놓고 가르치기도 하고, 문제집을 같이 풀어가면서 시험공부를 시키기도 했다. 그런데 이런 열정적인 가르침에는 언제나 한계가 있었다. 나와 같이 공부하는 동안은 어떻게든 끌어올려지는데 다른 선생님을 만나면 다시 원점으로 돌아갔다. 문제가 해결되지 않는 게 이상하고 안타까웠다. 시간이 한참 흐른 다음에야 배움이 더딘 아이들을 어떻게 지도해야 하는지를 깨달았다.

배움이 더딘 아이들을 이끌어가는 방법으로 내가 찾은 것은 다음의 세 가지다.

첫째, 아이들의 자존감을 높여주는 방법을 찾아서 근본적인 배움의 목마름을 느낄 때까지 돕는다.
둘째, 공부하는 방법을 가르쳐주고 혼자서 공부하는 습관을 가질 때까지 꾸준하게 곁에서 함께한다.
셋째, 친구와 친구가 서로 돕고 배우는 것이 익숙해지도록 한다.

내가 생각하는 공부의 본질은 바로 '자존감'이다. 자존감을 되찾는 순간부터 공부는 시작된다. 작은 성과를 맛보고 기뻐할 수 있어야 하고, 그 가치를 스스로 인정할 수 있어야 한다. 스스로 가치 있고 소중한 사람이라고 느끼는 순간 아이들은 제 할 일을 찾아서 알아서 움직이기 시작한다. 그때 아이들의 눈빛이란 이루 말할 수 없이 반짝거린다. 아무리 어린 아이여도 공부하는 것이 즐겁다는 것을 알아차린다. 교실에서 수업을 통해 이루어질 수 있는 가장 아름답고 소중한 순간이 분명히 오는 것이다.

내가 생각한 이 본질을 되살리는 방법은 다름 아닌 '서로 가르쳐주는 공부'였다. 그러기 위해서 아이들에게 공부가 얼마나 다양한지에 대해서 먼저 이야기해주었다. 피아노를 치는 것도 공부이고, 그림을 열심히 그리는 것도 공부이며, 파워포인트로 발표 자료를 만들어내는 것도 공부라고 이야기해주었다. 모둠을 짤 때도 모둠 안에 말 잘 하는 친구가 있어야 하고, 달리기 잘 하는 친구도 있어야 하고, 컴퓨터 잘 하는 친구도 있어야 한다는 것을 아이들이 깨닫게 했다.

이 모든 것이 실제로 조합이 잘 될 때 시너지를 낸다는 것을 아이들은 프로젝트 학습을 하면서 많이 배웠다. 누구 하나 노는 사람 없이 함께 노력해야 한다는 것을 배울 수 있도록 중간 과정을 서로 모니터링하고 어떤 과정을 거치고 있는지를 확인하고 점검했다.

그리고 미션을 정하여 서로 가르쳐주고 배우게 하는 활동을 꾸준히 하게 했다. 방법은 간단했다.

　다른 친구를 가르칠 정도로 자신 있는 것들을 말해보게 했다. 심지어는 셀카 사진 꾸미는 방법까지도 공부라고 이야기해주었더니, 아이들이 자신 있게 다양한 자신만의 특기를 말해주었다. 공책정리 하기, 수학 문제 풀기, 과학 실험보고서 쓰기, 레고 만들기, 파워포인트 작성하기, 피아노 치기, 영어 단어 외우기 같은 것들이 쏟아져 나왔다.

　이것을 칠판에 전부 적어놓은 다음 배우고 싶은 것을 손들어 보게 했다. 아이들은 저마다 자신이 배워보고 싶은 것을 골랐고, 이들을 다시 짝으로 묶어주었다. 요일을 정해 그 날짜에는 꼭 서로 가르쳐주고 배우게 했다. 그리고 이를 체크할 수 있는 체크리스트를 같이 만들어주었다.

아이들은 약속한 날짜에 모여서 서로 가르치고 배웠다. 수학 문제를 둘이 머리를 맞대고 풀고 있어서 물어보면 "우리 미션하고 있어요!"라는 대답이 돌아오곤 했다. 아이들에게 맡겨놓고 나는 간섭하거나 끼어들지 않았다. 진행이 잘 되지 않는 경우가 있어도 먼저 나서서 문제를 건드리진 않았다.

다만 아이들이 혹시라도 성실하게 배우지 않는 자신의 학생을 어떻게 해야 가르쳐야 할지 고민하게 했다. 배우는 자세가 성실하지 않은 자신의 학생을 이끌기 위해 교사인 아이들은 나름대로 노력했고, 누구나 학생이며 동시에 누군가의 선생인 교실에서 아이들은 재미있어 했고 행복해 했다. 누군가 물어보면 '친구에게 배우는 게 훨씬 재미있고 즐겁다'라고 말했다. 미션을 하면서 더 많이 친해졌다고도 말했다. 이 부분은 EBS《다큐프라임─교사 고수전 '와플 굽는 미녀'》우리 반 이야기에서 다뤄지기도 했다.

그런 1년을 보낸 아이들은 많이 친해졌고, 자존감 역시 높아졌다. 자신 있게 웃으면서 자신의 학생을 가르치고 또 누군가의 학생이 되어 웃으면서 배웠다. 서로 배우고 가르치는 게 익숙해지면 아이들 사이에서 배우는 것이 얼마나 재미있고 가치 있는 것인지 아이들이 깨닫게 된다. 그것은 내가 가르쳐주는 것이 아니고 아이들 스스로 깨닫는 것이기에 그 깊이가 훨씬 크고 깊다.

나는 가끔 아이들이 이렇게 말하는 것을 교실에서 보곤 했다.
"와, 잘 했어. 바로 그거야. 내가 설명하려고 한 것이 바로 그거였어. 네가 잘 배우니까 내가 기분이 참 좋다. 넌 참 훌륭한 학생이야."
"아니야. 네가 잘 가르쳐줘서 그렇지. 나 이거 어제는 못 했잖아. 네가 잘 가르쳐줘서 오늘은 잘 하게 된 거 같아."

03 • 꿈에 물들다

드라마 같은 장면이지만, 현실이었다. 서로를 칭찬하고 격려하는 게 익숙했던 아이들이었다. 아이들이 서로 배우고 가르치면 교사의 역할은 줄어든다. 교사의 짐이 덜어지면 교사는 그만큼 다른 곳에 마음을 쓸 수 있다. 아이들도 좋고 교사도 좋은 셈이다. 그러니 아이들에게 서로 배우고 가르칠 수 있는 시간을 주자. 아이들은 기대하는 것 이상으로 분명 해낸다.

"아이가 몇 명이세요?"

"네?"

어리둥절한 나에게 서점 주인은 웃으며 이렇게 말했다.

"모습은 젊어 보이는데 아이들이 꽤 많으셔서요."

뱃속으로 낳은 아이,
가르침으로 얻은 아이

'엄마 선생님'이 되고나서,

나는 두 가지를 배웠다.

하나는 소극적이고 수줍음 많은 아이를 닦달하는 것은 나쁜 일
이라는 것,

또 다른 하나는 내 아이와 우리 반 아이를 삶에서 구별하지 않는
것이 더 행복하다는 것.

큰 아이 성연이는 어릴 때 수줍음이 매우 많은 아이였다. 남 앞
에 서는 것을 꺼려해서 자기 이름도 제대로 말을 못 하곤 했다. 낯
선 상황에서 쉽게 적응하지 못 하고 자주 우는 아이를 볼 때면 답

답하고 안타까워서 속이 탔다. 그런데 정말 아이러니한 것은 내가 교사로서 아이들을 대할 때 가장 못 견뎌한 게 바로 수줍음 많고 행동이 느린 아이였다는 것이다.

교사로서 엄마가 된다는 것은 아이들에 대한 또 다른 눈을 뜨게 하는 일이다. 빨리 움직이고 빨리 대답하는 아이를 내가 유난히 좋아했다는 것을 큰 딸 성연이를 키우면서 처음으로 깨달았다. 성연이가 학교에서 선생님이 '너는 답답한 아이구나'라고 혹시라도 말하는 것을 듣는다면 그게 얼마나 상처가 될까 생각하니 나도 모르게 나의 행동거지와 말투를 돌아보게 됐다. 덕분에 내성적인 아이가 좀처럼 이해가 되지 않던 내가 너무나 자연스럽게 그런 아이들의 속내가 이해되었다. 아마도 엄마가 되지 않았다면 성격이 급하고 활달한 편인 나는 소심한 아이를 끝까지 이해하지 못했을 것이다.

나는 교사가 행복해야 교실이 행복하고, 아이들이 행복하다고 굳게 믿는다. 그런 나에게도 잠깐의 위기가 찾아왔던 적이 있다. 집에 아이들이 있고, 학교에 가면 또 아이들이 있는 것이 어느 순간 몹시 고단했다. 학교에서 아이들에게 너무 많은 에너지를 쏟고 나면 집에 가는 게 또 다른 출근 같았다. 그래서 육아 휴직이 끝나고 복직했을 때 참 힘들었다. 왠지 학교에서 아이들에게 모든 에너지를 쏟는 게 집에 있는 내 아이에게는 미안했다. 이 불균형 속에서 마음이 흔들리고 감정이 복잡했다. 한 번도 생각해본 적이 없는 엄마와 교사 사이의 불균형이 찾아왔던 것이다.

　주말에는 집에서 어린 성연이와 그저 쉬고 싶었다. 그러던 어느 날 두레데이트가 있어 세 살짜리 성연이를 데려가야 했다. 그날은 서점에 가고 같이 나무를 심기로 한 식목일 두레데이트였다. 세살 아이를 데리고 산에 가야 하는데다가 그날 오기로 한 아이 중 하나가 꽤나 속 썩이던 아이였다. 그 상황이 몹시 귀찮았다. 처음부터 아이들에게 두레데이트 약속을 하지 말 것을, 하며 후회했다.

　그런데 이게 웬일인가. 아이들이 어린 성연이를 보자마자 환호성을 지르면서 좋아하는 것이 아닌가. 특히 유난히 장난이 심하던 아이는 성연이의 손을 잡고 하루 종일 놓지 않았다. 외동이라서 외로움이 많던 아이에게 어린 동생이 하나 생긴 것이니 얼마나 좋았을까. 나는 아이에게서 뜻밖의 모습을 보았다. 그날 두레데이트는 굉장히 훈훈하게 마무리됐다. 왠지 모르게 뿌듯했다. 거기다 가장 좋았던 것은 내가 성연이를 따라다닐 필요가 없었다는 것이다. 아이들이 보모가 되어 하루 종일 놀아주니 그렇게나 편할 수 없었다. 뭔가 새로운 발견을 한 기분이었다.

다음에도 그 다음에도 우리 반 아이들을 만나는 자리에는 항상 성연이를 데려갔다. 아이들은 성연이를 몹시 예뻐했다. 먹을 것도 사주고 머리도 빗겨주고 인형놀이도 같이 해주니 나는 손 갈 일이 없어 오히려 편했다. 흔히 말하는 윈-윈이었다. 아이들도 좋고, 성연이도 좋, 나도 좋은 일석삼조의 두레데이트, 마다할 이유가 없었다. 나는 아이들과 자주 시간을 가졌다. 아이가 둘이 되었을 때 자동차가 비좁긴 했어도 놀러온 아이들의 만족도는 더욱 높아졌다. 아이들과 우리 아이들은 참 잘 놀았다. 누가 내 아이인지 구분이 안 갈 정도로 자연스럽게 어울려 놀았다.

어느 날인가, 아이들을 데리고 서점에 갔는데 서점 주인이 이런 말을 했다.

"아이가 몇 명이세요?"

"네?"

어리둥절한 나에게 서점 주인은 웃으며 이렇게 말했다.

"모습은 젊어 보이는데 아이들이 꽤 많으셔서요."

나는 그저 웃었다.

이 아이들이 모두 내 아이들이라는 것은 사실이니까.

뱃속으로 낳은 아이와 가르침으로 얻은 아이들이라는 것만 다를 뿐, 모두가 내 아이들이니까 말이다.

아이들을 키우면서 교사로서의 삶과 엄마로서의 삶을 크게 구분하지 않고 지내왔다는 것에 지금은 오히려 만족해한다. 내가 만약 여기부터 여기까지는 교사이고, 여기부터 여기까지는 엄마라는 식으로 삶을 구분하여 살았다면 나는 아이들과 '진짜'로 재미있지는 못했을 것 같다. 삶이라는 게 구획을 나누어 정리하듯이 나뉠 수 없는 것이기 때문이다.

뱃속으로 낳은 아이들 둘과 가르침으로 얻은 아이들 모두가 쌔근쌔근 잠들어있는 밤이다. 나는 이런 밤이 참 좋다.

저는 처음으로 제가 가진 재능이 무엇인지를 깨달았습니다.

가슴이 떨리고 심장이 두근거렸지요.

삶이 살아볼 만한 것이라고 그때 처음으로 제대로 생각했던 것 같아요.

교수님은 그때 한 마디 더 하셨어요.

"그런데 너 공부는 잘 하냐?"

꿈을 잊은 그대에게

K 선생님, 안녕하세요?

오늘은 선생님께 짧은 편지 한 통 띄웁니다. 선생님이 이 편지를
받을 때쯤이면 아마도 장마가 시작되었을 거예요. 그래서인지 날씨
가 몹시 무덥습니다. 마치 찜솥 뚜껑이라도 열어놓은 것처럼 공기
가 습기를 잔뜩 머금고 있어서 금방이라도 턱 밑까지 숨이 차오릅니
다. 그래도 정말 다행인 것은 학교에는 방학이 있다는 것이지요.

선생님, 교사가 꿈이 아니었다고 하셨지요?
꿈이 아니었던 교사를 하게 되어 앞날이 막막하다고도 하셨지
요? 교대에 갔던 것도, 교사가 된 것도 모두가 부모님의 선택이었

기 때문에 교대 공부도 하기 싫었다고 말이에요. 그런 선생님이 이
제 교사의 길에 서 있다는 것이 얼마나 답답할지 상상할 수 있어
요. 저도 그랬던 때가 있으니까요.

저도 교대에 가기 전에 단 한 번도 교사가 되고 싶다고 생각해본
적이 없었어요. 얼떨결에 등 떠밀리듯 교대에 갔고, 어느새 정신을
차려 보니 교대생이 되어 있었어요. 고등학교의 연속인 것 같아서
공부도 전혀 재미가 없었어요. 매일 늦게까지 술을 마시고 놀다가
수업에도 빠지곤 했지요. 제 인생을 바꾸어준 교수님을 만나기 전
까지는 말이에요. 그 교수님은 평생 잊을 수 없는 한 마디를 남기
셨어요.

"너는 글을 써야 한다. 꼭 작가가 되어라."
아, 그때 그 느낌을 뭐라고 해야 할까요. 그 말은 제 삶을 그 전과
그 후로 갈라놓을 정도로 큰 울림이었습니다. 저는 처음으로 제가
가진 재능이 무엇인지를 깨달았습니다. 가슴이 떨리고 심장이 두
근거렸지요. 삶이 살아볼 만한 것이라고 그때 처음으로 생각했던
것 같아요. 교수님은 그때 한 마디 더 하셨어요.
"그런데 너 공부는 잘 하냐?"

아뿔싸, 학점이 바닥이라는 것은 말하고 싶지 않았는데 말이에

요. 저는 저를 처음으로 인정해준 교수님 앞에서 공부를 못 하는 학생이라는 말을 하고 싶지 않았어요. 그래서 그때부터 정말로 열심히 공부하기 시작했습니다. 어느 정도로 열심히 했는지 알면 놀라실 지도 몰라요. 저는 평생 그 정도로 공부해 본 적이 없어요.

시험 기간이면 굵은 양초를 사다가 불을 붙이고 불이 꺼질 때까지 잠을 자지 않고 공부를 했답니다. 성적이 톱으로 올라선 것은 어쩌면 당연해요. 그렇게 열심히 공부하고도 성적이 안 나온다면 그건 정상이 아닌 거예요. 그보다 열심히 공부할 수 없을 만큼 열심히 공부했습니다.

그런데 공부를 열심히 하기 시작하면서 깨달은 게 하나 있어요. 그것들은 제가 시시하다고 무시했던 것들이 사실은 아이들을 가르치는 데 꼭 필요한 공부더라고요. 아이들을 가르치는 교사가 된다는 것이 얼마나 중요한 일인지 스스로 깨닫기 시작했던 것이지요.

저는 교수님이 말씀해주셨던 글을 쓰라던 말을 단 한순간도 잊어본 적 없어요. 긴 시간 교사로 살면서도 마음속에 늘 하고 싶은 일이 글을 쓰는 일이었어요. 그래서 정말로 책을 내고 작가가 되었을 때 너무나 기쁘고 행복했습니다. 꿈을 이루는 게 결코 쉬운 일은 아니지만, 끝까지 포기하지 않는다면 언젠가는 꿈을 이루는 사람이 될 수 있다는 것을 많은 사람들에게 이야기해주고 싶었어요.

　그리고 교사로서 가장 중요한 것은 아이들의 가슴에 꿈의 씨앗을 뿌리는 일이니 그것을 게을리 하지 말아야 한다고 말이에요. 누군가 스스로 자신을 존중하는 사람이 되기 시작하면 그 사람은 변화됩니다. 평강공주가 바보온달이 훌륭한 사람이라고 믿어주자, 정말 훌륭한 장군이 되었듯이 우리가 아이들을 소중한 사람으로 믿어주면 정말 훌륭한 아이로 성장해간다는 것을 우리는 기억해야 할 것입니다.

　선생님이 선택한 삶이 보잘 것 없고 시시해보일 수 있어요. 이해

　　　　　　　　　　　　　　　　　　　03 • 꿈에 물들다

해요. 그럼에도 불구하고 선생님의 이 삶을 소중하게 대해주기를 저는 간절히 바랍니다. 선생님은 세상 그 누구보다 소중한 사람이기 때문이에요. 아름답고 소중하고 귀하게 쓰일 사람이 잠깐의 방황으로 헤매다 길을 포기하고 주저 앉아버린다면 그것은 그야말로 직무유기 아닐까요. 선생님, 오래도록 품어왔던 꿈의 씨앗을 지금 이 순간 다시 만져보세요. 그리고 미래를 향해 힘껏 발아시켜 보세요.

선생님의 삶을 소중하고 아름답게 대해주세요.
그리고 선생님이 만나는 아이들을 다시 한 번 따뜻하게 바라봐주세요.
선생님이 만나는 그 아이들 역시 세상에 둘도 없이 소중한 아이들이잖아요. 그 아이들의 삶을 가치 있는 것으로 멋지게 바꾸어줄 수 있는 힘을 가진 자신을 바라봐주세요.

교사는 그런 사람이랍니다.
누군가의 삶을 바꿀 수 있는 힘을 가진 사람 말이에요. 교사로서 살아가는 것은 쉬운 일이 아니랍니다. 결코 늘 따뜻한 것만도 아니에요. 그렇지만 17년을 교사로서 살아온 저로서는 아이들을 위해 그 한 걸음 성큼 내디뎌 보라고 말해주고 싶어요. 씩씩하고 당당하게 그 첫 걸음 내디뎌보세요. 선생님이 기대한 것보다 몇 배 더 행복한 시간들이 기다리고 있을지도 모르잖아요.

그 첫걸음을 저는 이 길에서 기다리고 있답니다.

힘내요.

·04·
다시,
길 위에 서다

일러스트 | 참쌤스쿨 강세라샘

제도보다 사람이 우선인,
대한민국 교육을 만들기 위해 헌신할 것이다.
따뜻하고, 심플하게, 후회없이.

영화 《흐르는 강물처럼》에서

젊은 날의 브래드 피트는 이런 말을 한다.

"완벽하게 이해하지 않아도 사랑할 수 있는 것, 그게 가족이다."

《흐르는 강물처럼》을 봤을 때가 스무 살, 그 말을 이해할 수 없어 화가 났다.

아버지의 그늘

아버지, 나의 아버지. 아버지는 내 삶의 오랜 화
두였다. 아버지를 떠올리면 너무 많은 말을 하고 싶어져서, 어떤
말부터 꺼내야 할지 모르겠다. 내 삶의 고비마다, 중요한 선택의
순간마다 아버지가 있었다. 나는 그런 아버지를 사랑하기도 하고
증오하기도 했다.

아버지는 오랜 동안 교사였다. 교사였던 아버지는 자식들이 공
부 못 하는 걸 용서하지 않았다. 풀지 않고 숨겨둔 문제집을 찾아
내 집어던진 것에 맞아 코피가 났던 적도 있다. 시험을 못 본 날이
면 집에 가고 싶지 않아서 괜히 집 근처를 빙빙 돌았다. 아버지를
마주하고 싶지 않던 어린 나는 왼 발에는 아버지가 없다, 오른 발

에는 아버지가 있다, 하면서 집까지 걸어갔다. 있다, 없다, 있다, 없다 하다가 문 앞에서 '있다'로 끝날 때면 얼마나 가슴이 두근거렸던지. 문고리를 잡아당기는 순간 정말로 아버지 신발이 보일 때면 가슴이 쿵하고 내려앉곤 했다.

언제나 강하고 크고 높던 아버지였다. 그런 아버지가 화를 낼 때면 너무 무서워서 심장이 오그라드는 것처럼 조마조마했다. 다른 형제가 혼나도 마치 내가 혼나는 것처럼 무서웠다. 아버지의 화난 목소리를 들을 때면 귀를 막고 숨고 싶고, 어디론가 도망가 버리고 싶었다. 아버지는 무엇에 그리 자주 화가 났던 것일까. 어린 나에게는 그것이 늘 풀리지 않는 수수께끼였다.

기억을 헤집어 보면 아버지와의 따뜻한 순간이 있긴 하다. 아버지는 가끔 자식들의 머리를 직접 말려주었다. 드라이기가 휘이잉 소리를 내면서 돌아가는 동안 아버지는 내 젖은 머리칼에 손을 집어넣고 털어가면서 머리를 말려주었다. 하지만 가끔 찾아오는 그 따뜻한 순간이 낯설고 어색해서 나는 매번 몸이 움츠려 들곤 했다. 아마도 그게 아버지가 사랑을 표현할 수 있는 최고의 방법이었을 것이다. 사랑한다는 말조차 할 줄 모르는 무뚝뚝하고 엄하기만 한 아버지식 표현법 말이다.

아버지는 나에게 교대에 가기를 권했다. 나는 고민하지 않고 받아들였다. 집에서 먼 곳으로 가길 원했기 때문에 가까운 교대를 놔두고 먼 교대를 선택해서 집을 떠났다. 아버지를 떠나던 날, 처음으로 느끼는 해방감에 이루 말할 수 없는 희열을 맛보았다. 집에서 떠나 살던 4년 동안 나는 몹시 자유로웠다. 많은 사람을 만났고 많은 사랑을 했고, 많은 것을 배웠다.

그리고 시간이 흘러 교사가 되었다. 교사가 되어 바라본 아버지는 왠지 어릴 때만큼 크지 않았다. 그런 아버지가 살짝 낯설었다. 돈을 벌게 된 내가 가장 먼저 했던 일은 그동안 썼던 학비와 용돈을 갚는 일이었다. 발령 받고 얻은 아파트 전세금도 아버지에게 빌렸기 때문에 그 역시 갚아야 했다. 몇 년 동안 매달 아버지에게 진 빚을 조금씩 갚아나갔다. 학자금과 용돈까지 전부 갚고 나니 아버지에게서 해방이라도 된 것 같았다. 적어도 경제적으로는 그러했다. 그러나 그때는 몰랐다. 부모에게서 자식이 완전하게 놓이게 되는 것은 불가능하다는 것을. 부모와 자식은 질기고 질긴 인연의 끈으로 묶여 죽는 그날까지 하나이자 둘이고, 둘이자 하나라는 사실을.

나는 결혼을 하고 아이를 낳고 부모가 되었고, 그만큼 아버지는 나이 들어갔다. 여전히 무섭긴 해도 아버지는 전처럼 자주 화를 내지는 않았다. 그런 아버지가 퇴임을 하고 나서 몇 개월 지나지 않아 암에 걸렸다는 걸 알게 됐다. 수술을 하고 항암을 하고 방사선 치료를 하는 고통스러운 시간이 이어졌다. 투병 기간이 길어지면서 처음에는 짧던 수술 시간도 횟수를 거듭하며 점점 길어졌고, 가족들은 전이가 되어 몸의 이곳저곳을 도려내는 수술을 받는 아버지를 몇 번이고 지켜봐야 했다.

가족들은 어느 때는 중환자실에 입원한 아버지를, 어느 때는 앰뷸런스에 실려 간 아버지를, 또 어느 때는 의식 없이 잠들어 있는 아버지를 보아야 했다. 쉽지 않은 시간이었다. 그런 모습을 지켜보는 것만으로도 너무나 고단했다. 아버지는 어느새 작아졌고, 야위어갔다. 나는 죽음과 삶에 대해 많은 생각을 하게 됐고, 더는 수술실 앞에서도 울지 않게 됐다. 담담해진 다음 아버지에 대해서도 처음으로 객관적인 시각으로 바라보게 되었다.

아마도 아버지는 고단했을 것이다. 교사의 박봉으로 식구들을 먹여 살려야 하는 게 피곤했을 것이다. 원하는 만큼 잘 따라주지 않는 자식들이 못 미더웠을 것이다. 학교에서 다른 사람 위에 올라서야 하는 승진 제도에 맞춰 사는 것 역시 힘들었을 것이다. 그런 아버지가 가족들에게 보일 수 있었던 것은 강하고 단단한 모습뿐이었을 것이다.

영화《흐르는 강물처럼》에서 젊은 날의 브래드 피트는 이런 말을 한다.

"완벽하게 이해하지 않아도 사랑할 수 있는 것, 그게 가족이다."

스무 살에는 영화를 보면서 그 말을 이해할 수 없어 화가 났다. 몇 십 번을 곱씹어가며, 이해하지 않는데 어떻게 사랑이 가능한지 생각하고 또 생각했다. 그런데 지금은 그 말이 어떤 뜻인지 알 것 같다. 가족이란 그런 것이다. 이해하지 않아도 사랑할 수 있는 것. 그리하여 먼 길 돌고 돌아 다시 마주해도 결국은 사랑할 수밖에 없는 존재 말이다. 아아, 비로소 내 삶의 화두가 정리되는 순간이다. 이런 순간이 왔음에 감사할 따름이다.

아버지의 가시는 길이 편하기를 기도한다.

교사 부부가 함께 산다는 것은

집에서도 동학년 선생님과 마주하고 있는 것과 비슷하다.

학교에서 점수를 미처 주지 못한 시험지를 들고 와서 서로에게 던져주기도 하고,

교육과정을 짜다가 대신 짜달라고 밀어내기도 한다.

심지어는 성과급 등급을 가지고도 신경이 곤두선다.

내가 이 남자를
사랑하는 방법

첫눈에 반한다는 말이 있다. 나는 살면서 내게도 그런 순간이 찾아오리라고 단 한 번도 생각한 적이 없었다. 적어도 이 남자를 만나기 전까지는 말이다.

나는 그를 어느 작은 시골 터미널에서 처음 보았다. 너무 작은 터미널이라 헤매고 말고 할 것도 없는데 입구를 못 찾아 뱅뱅 돌았다. 몇 바퀴를 돌다가 나는 그 작고 초라한 텅 빈 시골 터미널의 반대쪽 끝에 누군가 서있다는 것을 깨달았다. 그리고 저 멀리서 뚜벅뚜벅 소리를 내며 걸어오는 한 남자를 보았다. 어두워서 잘 보이지 않고 오직 실루엣으로만 짐작할 수 있었다.

마치 세상의 저쪽 끝에서 이쪽 끝으로 넘어오는 것처럼 느린 걸음이었는데 그 검은 그림자가 가까워져올수록 어떤 말로도 설명할 수 없을 만큼 강렬한 느낌이 전해져왔다. 그건 말 그대로 머리끝부터 발끝에 이르는 전율이었다. 가까이 다가온 그의 얼굴을 확인하기도 전에 나는 알아차렸다. '아, 나는 이 남자랑 결혼하겠구나'라고.

그렇게 강렬한 느낌은 그 이전에도, 이후에도 한 번도 없었다. 살면서 딱 한 번 나를 첫눈에 반하게 한 남자, 그게 바로 지금의 남편이다.

남편은 교사다. 우리는 흔히 말하는 부부교사, 연애하는 동안 학기가 바뀔 때마다 남편은 우리 교실에 와서 환경정리를 해줬다. 그다지 섬세하지 못 한 나로서는 나뭇잎 한 장 오리는 것도 귀찮은데 남편은 그런 나를 두고 '그냥 옆에 있기만 해. 내가 알아서 다 할게.'라고 하면서 나뭇잎을 접고, 가위로 꽃을 오리고 교실 청소를 다해주었다. 램프의 요정 같았다고 할까. 원하는 게 무엇인지 말하기도 전에 미리 짐작하고 다 해주는 그였다. 그렇게나 젠틀하고 자상하고 잘 생기기까지 한 이 남자를 내가 어찌 사랑하지 않을 수가 있겠는가. 나는 그에게 한마디로 '홀릭'했다.

여기까지 들으면 한 편의 영화 같지만 지구에 사는 수없이 많은 화성인과 금성인처럼 우리에게도 결혼은 현실이었다. 12년을 같이 산 지금 더 이상 남편은 내 대신 환경정리를 해주지 않는다. 요새는 거꾸로 내가 가서 그의 지저분한 교실을 청소하고 나뭇잎도 오려야 한다.

중요한 것은 교사 남편이든 교사 아내든 할 것 없이 교사는 집에서도 교사라는 것이다. 교사 부부가 함께 산다는 것은 집에서도 동학년 선생님과 마주하고 있는 것과 비슷하다. 학교에서 점수를 미처 주지 못한 시험지를 들고 와서 서로에게 던져주기도 하고, 교육과정을 짜다가 대신 짜달라고 밀어내기도 한다. 심지어는 성과급 등급 가지고도 신경이 곤두선다(남편은 10년 연속 S, 나는 딱 두 번만 S였다).

물론 시험 문제를 같이 내거나, 공개 수업안을 같이 짤 때도 있다. 같은 학년을 담임하게 되는 해는 그날 한 수업에 대해서도 서로 이야기할 수 있다. 미술 수업 어떻게 했어, 수학 수업 이렇게 하면 아이들이 잘 이해해, 하는 이야기를 저녁 밥상에서 나누는 것이다. 아이들 이야기는 또 얼마나 끝이 없는지 그날그날 교실에서 있었던 이야기를 잠자리에 들 때까지 듣기도 한다. 게다가 출퇴근 시간이 같고 방학을 같이 보낼 수 있지 않은가. 따져보면 실보다는 확실히 득이 많다.

04 • 다시, 길 위에 서다

그러나 금성인과 화성인이 함께 사는 삶은 쉽지 않다. 옳고 그른 것이 정확하고 원칙을 중요하게 생각하여 법 없이도 살 남편과 매사 내키는 대로 하는 것을 좋아하는 자유로운 영혼인 나는 많이 다르다. 우리는 육아에 대한 생각 차이 혹은 인생에 대한 가치관 차이로도 자주 논쟁한다. 이런 부분은 십여 년이 지난 지금도 현재진행형이지만 화성인이 금성인스러워지고, 금성인이 화성인스러워진 때가 오긴 한 것 같다. 더는 싸우지 않고 더는 서로에게 날을 세우지 않게 됐기 때문이다.

지난 시간을 돌아보면서 가장 고맙게 생각하는 것은 하고 싶은 일을 놓고 고민할 때마다 '꼭 하고 싶은 거면 해'라고 두말없이 남편이 동의해주었던 것이다. 남들 다 말리는 국립학교에 가고 싶다고 했을 때도 남편은 '꼭 가고 싶으면 가'라고 해주었다. 부설초등학교에서 지내는 5년 동안 남편은 어린 딸아이를 챙기고 돌보고 놀아주는 일을 나에게서 덜어주었다. 지난 몇 년 동안은 밤마다 쉬지 않고 글을 쓰는 나를 보면서도 '건강 해칠 정도로는 쓰지 마'라고 한다. 요새는 딸 아이 둘을 챙겨서 함께 학교에 간다. 투덜대는 소리가 많아지긴 했지만 아이들은 아빠와 학교 다니는 것에 이미 재미를 붙였다.

동갑내기 친구였던 남자와 12년을 살면서 지지고 볶고 한 시간

들을 떠올려보면 새삼 감사해진다. 나는 언제나 많은 사랑과 응원
을 받으면서 지내왔기 때문이다. 그는 나의 가족이기 때문에 힘든
것을 말없이 나누었고, 나의 남편이기 때문에 세상의 모진 풍파도
대신 막아섰다. 또한 나와 같은 길을 가는 동료이기 때문에 내가
하는 일들을 이해해주었다.

아마도 나는 몇 번을 다시 살아도 이런 남자는 못 만날 것 같은
데, 남편한테 언젠가 물어보니 (정말 단 1초도 고민하지 않고) 다시 태
어나서 한 번 더 만나게 되면 그 땐 결혼은 하지 말고 무조건 연애
만 하잔다.

어찌됐든 이 남자, 이번 생은 내 남자로 살고 있다. 나도 전생에
나라를 몇 번 구했나보다. 이런 남자와 살고 있으니 말이다.

나는 아이가 내 소유라는 생각을 해본 적이 없다.

아이는 내 것이 아니다. 아이는 아이의 삶을 살아야 한다.

그래서 자기 일은 자기가 알아서 하고,

공부든 시험이든 자신의 행동에 자신이 책임져야 한다고 가르친다.

대한민국에서 독일 엄마로 살아간다는 것

"아이들은 어떻게 키우세요?"

요즘 어딜 가든 어김없이 듣는 질문이다. 사람들 짐작이 맞다. 나는 오랜 시간을 아이들과 함께 하지 못한다. 나 자신을 희생해가면서 아이에게 올인하지도 않는다. 아침부터 저녁까지 아이와 함께하고, 아이의 스케줄을 꿰어 앞으로의 대학 진로까지 미리 고민하는 대한민국 엄마들 스타일은 분명 아니다. 오히려 '사교육 없이 키우기', '자기 일에 책임지기', '남에게 피해주지 않기' 등 나름의 원칙에 충실한 독일 엄마에 가깝다.

사실 나는 털털한 편이라 아이들을 살뜰하게 챙기지 못 한다. 딸

만 둘이지만 아이들 머리 묶는 것도 잘 못하고 옷을 내가 골라서
입히는 일도 없다. 둘째 일곱 살 유진이조차 아침이면 혼자 일어나
고, 혼자 옷을 입는다. 열두 살 성연이는 과제나 시험도 알아서 준
비한다. 돈이 들어가는 준비물은 같이 사러 가지만 그 밖의 것은
철저하게 제 나름으로 해결한다. 아이들은 잘 챙겨주는 꼼꼼한 엄
마를 기대하지 않고 나도 그런 엄마가 될 생각이 없다.

내가 자녀 교육에서 중요하게 생각하는 것은 세 가지다.

첫째, 공부는 때가 있으니 억지로 시켜서는 안 된다. 혹 그 때가 안 온다고 해도 어쩔 수 없는 일이다.

둘째, 생명을 위협하거나 공중질서를 파괴하는 행위가 아니라면 못 하게 할 이유가 없다.

셋째, 많이 놀고 책을 많이 읽어야 한다.

이 세 가지 원칙 안에서 모든 교육이 이루어진다. 그 이외의 것은 중요하게 생각하지 않는다. 예를 들면 식당에서 떠들고 소리치면 혼내지만 놀이터에서 뛰어다니는 것으로는 야단하지 않는다. 책을 읽는 것도 중요하지만 많이 노는 것도 중요하다. 공부는 억지로 시키지 않고, 사교육도 일체 하지 않는다.

성연이가 1학년이었을 때다. 나는 가까운 교실을 쓰는 5학년 담임이었다. 한 번은 성연이가 준비물을 빌리러 왔다. 앞문을 빼꼼 열고 들어서는 성연이를 보니 와락 안아주고 싶었지만 짐짓 모른 체 했다.

"엄마, 나 실내화가 없어."

아침 자습을 하고 있던 우리 반 아이들이 그 소리에 일제히 고개를 들고 나를 보았다. 평소에 자기 준비물은 자기가 챙겨야 한다고 수없이 강조했던 내가 과언 엄마로서는 어떻게 하는지 궁금했으리라. 나는 딱 한 마디 했다.

"그래서?"

"엄마가 실내화 좀 구해줘."

"엄마가 왜? 네가 안 챙겼으니까 네가 알아서 해."

단호한 내 표정을 보곤 성연이가 샐쭉해져서 교실을 나갔다. 점심시간에 맨발로 급식실까지 걸어가는 성연이를 보았지만 모른 척했다.

다음에는 성연이가 지우개가 없다고 왔다. 마찬가지로 돌려보냈다. 집에 가방을 놓고 간 적도 있다.

"엄마, 나 집에 가방 놓고 왔어."

그때도 같은 말을 했다.

"그래서?"

"아아, 어떡해. 가방 없이 학교 어떻게 가?"

성연이는 그날 아침 차 안에서 내내 울었지만 나는 그때도 차를 돌리지 않았다. 성연이는 그렇게 몇 번의 사건을 겪은 후로 다시는 우리 교실에 와서 물건을 찾지 않게 됐다. 그러나 어린 성연이가 자신을 다른 아이들과 비교하는 것은 어쩔 수 없는 일이었다.

"엄마, 승재는 치과 갈 때마다 걔네 엄마가 1만원씩 준대. 나는 왜 안 줘?"

"치과에 가는 것은 너에게 좋은 일이잖아. 그런데 왜 엄마가 돈을 줘야 돼?"

성연이는 잠시 말없이 나를 보다가 이렇게 말했다.

"그럼 내가 치과 가도 엄마는 나한테 인형 안 사줄 거야?"

"응. 안 사줘. 치과에 가는 건 무섭긴 해도 너한테 분명히 좋은 일이야."

나는 시험을 잘 봐도, 상을 받아와도 그것에 대해 따로 보상하지 않는다. 이미 상이나 좋은 점수로 보상 받았다고 생각하기 때문이다.

"엄마, 민서네 엄마는 시험 잘 보면 핸드폰 사준다고 했대."

"엄마는 네가 시험 잘 보면 어떨 거 같아?"

"엄마는 안 사주겠지. 시험 잘 보는 건 나에게 좋은 거라고 할 거잖아."

성연이는 일체의 사교육 없이 학교에 다닌다. 혼자 저절로 깨친 덕분에 글씨를 읽을 줄은 알아도, 낱낱의 글자로서의 자음과 모음은 모르는 채 학교에 갔다. 그런 성연이가 어느 날 학교에서 자음을 배웠다.

"엄마, 이거 봐. (ㄹ을 가리키며) 이걸 리을이라고 한대. (ㄷ을 가리키며) 이건 조금 다르게 생겼잖아. 이건 디귿이라고 해. 엄마, 진짜 신기하지. 글자마다 이름이 있어."

04 • 다시, 길 위에 서다

그때 성연이의 눈빛이 얼마나 반짝거렸는지 지금도 생생하게 기억한다. 다른 아이들은 이미 다 알고 있는 것을 혼자만 새롭게 배우면서 얼마나 신기했을까. 물론 집에서 따로 배우지 않고 다닌 초등학교 1학년이어서 우여곡절도 많았다. 다른 아이들은 엄마하고 집에서 미리 받아쓰기를 다 공부해 와서 100점 맞는 게 자랑인데, 성연이만 혼자 20점, 30점을 맞았다. 그래도 집에서 따로 가르치지 않았다.

"엄마, 다른 친구들은 집에서 다 받아쓰기 공부한대. 나는 왜 안 해?"

"받아쓰기는 책을 많이 읽다보면 자연스럽게 해결되는 거니까 그런 걸로 집에서까지 공부할 필요 없어. 그럴 시간 있으면 엄마랑 나가서 놀자."

성연이는 1학년 학년말 수학 시험에서 40점을 받았다. 그런 성연이를 두고 학부모들은 말이 많았다. 심지어는 수학 학원에 보내야 한다고 인터뷰 시간을 잡아준 학부모도 있었다. 그때 그 학부모에게 이렇게 말해주었다.

"지금 못한다고 해서 평생 못하는 거 아니에요. 저는 제 아이를 믿어요."

지금 성연이는 3학년 때 전교생 70명 남짓한 시골 학교로 전학하여 반 학생 전부가 겨우 아홉 명인 교실에서 공부하고 있다. 한 학년만 있으니 그 친구들 그대로 또 같은 반이 되지만 한 번도 친구가 적다고 생각해보지 않은 아이다. 게다가 자존감이 높아서 자신은 뭐든 배우면 잘 할 수 있다고 굳게 믿는다. 그래서 성연이는 사교육으로 따로 배우지 않았어도 언제나 자신 있게 '나는 영어를 잘한다'라고 말한다. 처음부터 혼자 해왔기 때문에 과제든 시험이든 자기가 알아서 하는 일로 생각한다. 성연이는 책을 많이 읽고, 음악을 사랑하고 그림을 좋아하며 글쓰기를 잘 하고 웃음이 많은 아이로 자라고 있다.

나는 아이가 내 소유라는 생각을 해본 적이 없다. 아이는 내 것이 아니다. 아이는 아이의 삶을 살아야 한다. 그래서 자기 일은 자기가 알아서 하고, 공부든 시험이든 자신의 행동에 자신이 책임져야 한다고 가르친다. 성연이와 유진이는 엄마가 무슨 말이든 잘 들어주는 사람으로 알지만, 무슨 일이든 다 해주는 사람이라고 생각하지는 않는다. 아이들이 엄마에게서 많은 대화 이상의 것을 기대하지 않기 때문에 지금은 육아에서도 그다지 어려움을 못 느끼고 있다. 대신 아이들이 워낙 독립적이다 보니 살짝 낯설어지는 때가 가끔 있긴 하다.

성연이가 좋아해서 얼마 전에는 《후아유―학교 2015》 15편을 몰아서 같이 봤다. 학생 대상 드라마에서 흔히 나오는 '공부 문제로 집에서 스트레스를 받는 학생'을 보면서 성연이가 이렇게 물었다.

"엄마, 왜 저걸로 힘들어 해?"

나는 순간 드라마를 이해 못해서 하는 소리인 줄 알았다.

"당연하지. 엄마가 매일 공부해라, 소리만 한다고 생각해봐. 얼마나 답답하고 힘들겠어."

"그러니까 그게 왜 힘들어. 안 하면 되지."

"엄마가 하라고 하는데, 안 해?"

성연이가 잠시 나를 빤히 보더니, 이렇게 말했다.

"응. 자기가 알아서 판단하면 되잖아. 하기 싫으면 안 하면 되지. 엄마가 하라고 한다고 해서 그걸 꼭 해야 돼? 그건 아니잖아."

순간 나도 성연이를 말없이 보았다. 아이가 살짝 먼 듯했다. 아이가 자란다는 것이 키가 크는 것으로 느끼는 게 아니라, 이런 대화에서도 느껴진다. 만약 '엄마가 저러면 참 힘들겠다'라고 말하는 아이였다면 그 생각에는 '엄마가 시키는 건 해야 한다'는 전제가 깔려 있을 것이다. 그런데 성연이는 적어도 그런 아이가 아니라는 뜻이다.

우리 세대는 부모나 교사가 시키는 것을 잘 하는 아이가 모범생이었다. 그러나 요즘 세대는 그렇지 않다. 자기 주관을 갖고 당당하게 옳고 그름을 이야기한다. 내 아이도 그렇다. 시대가, 사회가 변한 것이다. 이런 아이들에게 선생님의 생각을 강요한다거나 학교의 생각을 강요하는 것은 너무나 시대착오적인 발상이 아닐까.

판타지 쓰기에 심취해서 다른 모든 일을 젖혀두고 저녁마다 판타지만 쓰는 열두 살 딸에게 독일식 엄마인 내가 자주 하는 말은, 딱 한 마디다.

"눈 나빠지니까, 스탠드 켜놓고 써라."

물론 판타지 써서 뭐하게, 라고 말하고 싶어지는 때도 있다. 하지만 이렇게 말하면 독일식 아이인 성연이는 이렇게 말할 게 분명하다.

"엄마, 나에게는 꿈이 있어. 엄마가 내 대신 뭐 해줄 수 있는 것도 아니잖아."

엄마가 된다는 것

나에게 인생에서 가장 잘 한 일 세 가지를 꼽으라고 한다면, 하나는 두 딸을 낳은 것, 또 다른 하나는 공주교대에 간 것, 마지막 하나는 책을 쓴 것, 이 세 가지일 것이다.

그렇지만 모성은 그냥 생기는 것이 아니다. 성연이를 낳고 처음 아기를 보았을 때 나는 어색하고 당혹스러웠다. 정말로 '이 아이는 어디서 온 것이지'했다. 어색해하는 나에게서 아기를 다시 받아들고 간호사가 사라진 다음, 나는 한참 생각했다. 왜 아이를 보고 사랑하는 마음이 안 생길까, 하고.

다시 아기를 봤을 때는 신생아실 유리문 밖에서였다. 마침 주변에 아무도 없고 오직 유리문 밖에 내가 있고, 유리문 안쪽으로 아기가 있었다. 나는 가만히 들여다보았다. 말없이 한참을….

그리고 불러보았다.
"연아. 연아."
태몽이 심청전에 나오는 큰 연꽃이어서 뱃속에서 있는 내내 '연이'라고 불렀던 내 아이, 두어 번 부르자, 아이가 마치 그 소리를 듣기라도 한 양, 살그머니 눈을 떴다. 그리고 나를 바라보았다(신생아는

(with 유진. 2010.)

사실 눈을 마주칠 수가 없다고 한다. 시력이 거의 안 나오기 때문에 그냥 멍하니 보는 것뿐이다).

그런데도 나는 나와 아기의 눈이 마주친 것 같았다. 아니, 마주쳤다. 분명히 그랬다. 나와 눈을 마주치는 검은 눈동자의 아이를 보는데, 순간 가슴이 찡 하면서, 눈물이 핑 돌았다.

나는 유리문에 손을 대고 가만히 기대어, 한참을 울었다. 소중하고, 사랑스럽고, 아름다운, 한 생명이 거기 있었다.

…그리고 나는 엄마가 되었다.

엄마는 쉽지 않다. 내가 해본 일 중 가장 어려운 일이다. 앞으로도

　　　　　　　　　　　　04 • 다시, 길 위에 서다

어려울 것 같다. 하지만 한 생명을 길러내는 일보다 가치 있는 일은 세상에 없을 것이다. 감사함으로 인내해야 할 엄마의 숙명, 그런 것들을 생각해보는 아침이다.

사람들을 만나서 노는 즐거움은 이미 오래 전에 포기했다.

내 재주로는 그렇게 놀면서도 글을 잘 쓸 자신이 없어서다.

게다가 집에서 아이들 다 잠든 이후에 글을 쓰기로 한 게

나 자신과의 약속이기 때문에 아이들이 잠들고 난 다음 시작한 작업은

다음날 새벽이 되어야 끝난다.

작가로 살아가기

대학 때 매우 친하게 지낸 후배가 있다. 어느 여름날 자취방으로 놀러온 후배가 하는 말이, 복숭아를 깎아 달라는 것이다. 두말없이 복숭아를 깎아주었더니, 이제는 입에 넣어 달라는 것이다. 입에 복숭아를 넣어 주려고 하니, 입 근처에는 닿지 않아야 한다고 하면서 호들갑을 떨었다.

"아니, 그럴 거면 네가 먹지, 왜 나보고 깎아달라고 하고, 입에 넣어달라고 하는 거야?"
버럭 소리를 질렀다. 그랬더니 후배가 하는 소리가,
"언니, 미안해. 근데 나 복숭아 알레르기가 있어. 입이나 피부에 닿으면 그대로 빨갛게 부어버려."

"으이구, 그럴 걸 왜 먹어, 복숭아를 먹지 말아야지."

핀잔을 주었다. 그러니 이 후배가 이렇게 말하는 것이다.

"힝. 그래도 좋은 걸 어떡해. 나는 복숭아를 제일 좋아해."

하는 수 없이 복숭아를 깍두기 모양으로 작게 잘라서 입에 넣어
주었다. 그 후배를 보면서 생각했다. 좋아하는데 좋아하면 힘든 것
도 있구나, 라고.

그런데 생각해보면 나에게 글 쓰는 게 딱 그렇다. 너무 힘들어서
하기 싫고 이 핑계 저 핑계 대면서 마음 한구석으로 밀어두는 일,
그런데 쓰다보면 행복하고 뿌듯하여 기분까지 좋아지는 일. 그게
내게는 글을 쓰는 일이다.

평소에 내가 가장 즐겨하는 일은 읽는 것과 쓰는 것이다. 활자
읽는 것을 좋아해서 정 읽을 게 없으면 교실에서 아이들 먹다 남긴
우유곽에 씌어 있는 성분 설명까지 읽는다. 스트레스를 많이 받은
날에는 서점에 가서 책 냄새라도 맡아야 기분이 좋아진다. 읽는 것
만큼 쓰는 것도 좋아해서 연애할 때는 늘 편지를 썼고, 요새는 SNS
에 짤막한 단상斷想을 일기처럼 적는다. 평소에는 작은 수첩을 들고
다니면서 기도를 적거나 아이디어를 기록한다. 읽는 것과 쓰는 것
이 일상인 삶이다.

이런 삶에 크게 한 몫 하신 분이 있다. 바로 대학 때 글을 써보라고 한 교수님이다. 그 전까지는 한 번도 생각해본 적 없던 재능이 있는데, 그의 눈에 띄어 글쓰기 지도를 본격적으로 받았다. 교수님은 글을 써 가면 빨간 플러스 펜으로 교정을 봐주셨다. 지나친 미사여구, 쉬운 말로 해도 될 것을 어렵게 하는 것, 똑같은 단어를 한 페이지 안에 두 번 이상 쓰는 것, '- 같다', '-것이다' 같은 표현들을 지적했는데, 꽤 힘든 훈련이었다.

지금 내가 글을 쓸 수 있는 것도 모두가 교수님의 훈련 때문이지만, 당시는 정말 힘들었다. 그 중 가장 고달팠던 것은 학사 논문을 쓸 때였는데, 교수님의 논문지도가 너무 혹독해서 마음 약한 나는 자주 울었다. 덕분에 우수논문으로 뽑혔지만 졸업식 날 아침에도 교수연구실에서 '왜 그렇게 논리적인 글쓰기에 약하냐?' 소리를 들어가며 혼이 났다.

그때 교사가 되려 한 나에게 교수님은 '너는 글을 써야 한다. 글쓰기 공부를 위해 대학원에 가야 한다. 교사 말고 작가해라.'라고 하셨다. 끝까지 좋은 교사가 되라는 이야기는 한 번도 하지 않으셨던 교수님, 나는 그의 말을 듣지 않고 교사가 된 것에 대해 못내 죄송했다. 그리고 교사가 된 다음에는 거짓말처럼 마음 한 구석에 글쓰는 사람이 되고 싶은 소망이 숨어 있는 나를 발견했다.

꿈의 씨앗은 한 번 품으면 언젠가 발아하기 마련이다. 부설초등학교에서 만난 교생들이 새내기 교사가 되어 비슷한 고민을 하는 것을 몇 년을 지켜보았다. 그들은 늘 같은 고민을 이야기했고, 나 역시 한결같은 답을 해주었다.

그러던 어느 날 문득,
'아, 새내기 교사들은 누구나 똑같은 고민을 하는구나. 새내기 교사가 어떤 고민을 하는지 잘 알고 있는 누군가가 이런 고민들을 체계적으로 정리하면 좋겠구나.'
하는 생각이 머릿속을 스쳤다. 내가 바로 그들의 고민을 정확하게 이해하고 있는 그 누군가였다. 그들과 나누었던 고민을 글로 엮기로 마음먹었다. 그렇게 시작한 글은 '진짜 책'이 되어 세상에 태어났다. 작가의 꿈을 품은 지 16년 만의 일이었다.

이 부분에 대해서도 많은 사람들이 궁금해 한다. 평소에도 뭐든 일단 시작하고 보는 터라 우선 원고부터 썼다. 흔히 말하는 '닥치고 집필'이었다. 가장 자신 있었던 학급경영에 대해 ㄱ부터 ㅎ에 이르는 백과사전 같은 책을 쓰고 싶었고, A4로 300장 넘는 분량을 썼다. 그런데 원고를 써놓고도 책을 어떻게 내야 하는지 몰라서 앞이 캄캄했다. 그 때 문득 한 사람이 생각났다.

바로 십년쯤 알고 지낸 출판사 대표였다. 그는 학부모와 청소년을 대상으로 하는 책을 주로 출판하고 있었는데, 그 즈음 교사들을 위한 매뉴얼 같은 책이 있으면 좋겠다고 생각하고 있었다고 한다. 마침 그런 원고를 내가 쓰고 있었으니 서로의 요구가 딱 맞아 떨어진 셈이다. 당시 10여년 만에 다시 만난 그가 내 원고를 보고는 '바로 이런 원고를 찾고 있었어요.' 라고 했으니 그야말로 행운의 여신이 손짓을 하는 것 같았다.

거기에 전북 김승환 교육감의 추천사까지 더해졌다. 인지도가 낮은 초보 작가의 첫 책이었기 때문에 유명인사의 추천사가 필요했던 나는 그에게 SNS 메신저로 물었다.

'저는 군산의 초등학교 교사입니다. 후배 교사와 동료교사들을 위해 학급경영에 대한 책을 썼습니다. 혹시 추천사를 써주실 수 있을까요'

크게 기대하지 않았다. 전혀 모르는 평교사의 책을 바쁜 그가 읽어줄 리 없다고 생각했기 때문이다. 그런데 몹시 대담한 나의 질문에 한 시간 후 그가 답을 했다.

'보내보세요.'

그러나 원고를 보내고 사흘이 지나도록 답이 없었다. 추천사를 포기해야 하는가 하는 갈등이 생기는 참에 연락이 왔다.

'앞부분이 무척 흥미롭습니다. 끝까지 읽어보고 원고가 좋다면

추천사를 쓰겠습니다.'

그리고 정말로 그는 원고를 처음부터 끝까지 읽고 추천사를 써 주었다. 그뿐 아니라 이미 최종교정까지 마친 상태의 원고를 다시 교정해주었다. 전직 헌법학자답게 몹시도 꼼꼼하게 말이다. 심지 어 그는 원고 귀퉁이에 '스폰지가 맞습니까? 스펀지가 맞습니까?' 라고도 적어놓았다.

그런데 교정지를 보다가 나도 모르게 눈물이 핑 돌았다. 오래전 내게 글쓰기를 지도하셨던 교수님이 꼭 그런 글씨였다. 비슷한 글 씨체를 거기서 다시 보니 가슴이 뭉클했다. 내 책을 세상에서 처음 으로 누군가가 읽었는데, 그게 바로 김승환 교육감이라는 것이 너

04 • 다시, 길 위에 서다

무나 행복했다. 전북교육청 앞 커피숍에서 교정지를 보면서 그에 대한 감사함으로 펑펑 울던 게 문득 생각난다.

퍼즐을 하나씩 짜 맞추듯 맞아떨어졌다고 할까. 다시 생각해도 기적처럼 2013년에 《학급경영멘토링》이라는 첫 책이 세상에 나왔다. 대형 서점에서 책을 본 CBS 박유진 PD의 섭외로 《세상을 바꾸는 시간 15분》에도 '학급을 경영하라!'(2014년 1월 방영)라는 제목으로 출연하게 됐다. 이어서 《기적의 수업멘토링》(2013)과 《행복한 진로교육멘토링》(2014)도 펴냈다. 허승환, 권순현 선생님과의 공동 강연집인 《수업의 완성》(2014)까지 펴냈으니 몇 년 사이 네 권의 책을 쓴 저자가 되었다. 2015년에는 EBS 《다큐프라임》 '교사고수전'까지 출연하면서 멘토링 시리즈는 교사들에게 널리 알려졌고 꾸준히 쇄를 거듭했다. 덕분에 《학급경영멘토링》과 《기적의 수업멘토링》은 각각 원격연수로도 만들어졌고, 2015년 2월에는 《학급경영멘토링》이 대형 인터넷 서점 교육학 분야에서 1위를 하기도 했다.

작가가 된 것이 너무 좋아서 요즘도 가끔 책을 끌어안고 잠이 든다. 거기에 독자들이 읽고 메일이라도 보내주면 그보다 더 좋을 수 없다. 어떻게 설명할 수 없이 행복한 것, 그게 나에게는 글쓰기다. 다만, 행복하긴 해도 글쓰기가 고된 건 사실이다. 맘에 드는 글이 될 때까지 수없이 쓰고 지운다. 이런 작업을 하느라 1년 내 집필

중이다. 사람들 만나서 노는 즐거움은 이미 오래 전에 포기했다. 내 재주로는 그렇게 놀면서도 글을 잘 쓸 자신이 없어서다. 게다가 집에서 아이들 다 잠든 이후에 글을 쓰는 게 나 자신과의 약속이기 때문에 아이들이 잠들고 난 다음 시작한 작업은 다음날 새벽이 되어야 끝난다. 결국 책 쓰기의 막바지에 다다를 때면 피곤이 마치 또 하나의 옷처럼 친숙해진다.

그렇게 몇 년 째 살고 있다. 가끔은 너무 고단해서 결막염이 오고, 코피가 나고, 링거를 맞아야 할 정도로 몸이 쇠약해지기도 한다. 그런데도 나는 이 일을 포기할 생각이 없다.

지금의 내가 누군가에게 희망의 증거가 되었다는 것을 알기 때문이며, 내가 좋아하는 일을 하는 것이 행복한 삶이라는 것을 알게 되었기 때문이며, 엄마가 작가라는 것을 자랑스러워하는 아이들이 있기 때문이다.

그래서 나는 여전히 '작가로 살아가기'에 도전 중이다. 앞으로 20년 정도 더 도전할 생각이다. 다른 이들의 삶 역시도 도전이기를 소망한다. 누군가의 도전으로 세상은 아주 조금씩 변화되기 때문이다. 혹시 가슴 속에 품은 작은 꿈이 있다면 버리지 말고 꼭 끝까지 키워내길 바란다. 나처럼 아이들하고만 살던 평범한 엄마선생님도 작가가 되지 않았는가.

 힘들어도 내가 작가이기를 포기하지 않듯이 이 책을 읽는 누군가도 삶의 가장 아름다운 무엇을 찾아내기를 소망한다. 그가 교사라면 학생들을 변화시키고, 그가 부모라면 아이들도 꿈을 꾸게 된다. 그러므로 누군가의 꿈과 도전을 통해 세상은 성장한다. 따뜻하게, 아름답게, 멋지게.

아이들과 학부모에게는 따뜻했다.

정치하듯 복잡하게 학교 안의 누군가에게

잘 보이려 애쓰지 않았다.

심플하게 아이들이나 학부모가 좋아하는 교사가 되려고 애썼다.

융통성이 없고, 어울리는 방법이 세련되지 못했을 뿐,

교사로서는 후회 없는 삶이었다.

다시 길 위에서

어릴 때 얼굴에 보조개가 있는 게 무척 싫었다. 매일 같이 놀던 소꿉친구 하나가 "너는 웃을 때도 보조개가 들어가고, 화낼 때도 보조개가 들어간다"라고 놀려댔기 때문이다. 눈물이 많은 나는 그런 소리 한 마디에도 눈물을 쏟곤 했다. 왜 그리 자주 울었는지 모르겠다. 누가 놀려도 울고, 화내도 울고, 장난을 쳐도 울기부터 했다. 그래서 어릴 때 내 별명은 울보였다.

조금 더 자랐을 때, 학교에서 한 번은 "너 튀기지?" 소리를 들었다. 그때 아이들 사이에서 쓰이는 '튀기'라는 말은 외국인을 일컫는 말이었다. 트위기Twiggy라는 비쩍 마른 모델의 이름이 외국인 혹은 혼혈을 부르는 대명사처럼 쓰였던 것이다. 그 때의 나는 튀기 소리를 들을 정도로 비쩍 말랐고, 피부는 하얗고, 눈동자는 옅은 갈색이었다. 그리고 나는 그런 나의 외모가 싫었다. 나도 다른 친구들처럼 검은 눈동자에 그을린 피부였음 했고, 좀 더 통통해져서 말랐다 소리를 안 들으면 좋겠다고 생각했다.

시간이 흘러, 연애할 때 기타를 잘 치는 남편이 '갈색 눈동자'라는 노래를 기타를 치면서 불러주었다. '예쁜 미소, 갈색 눈동자~'로 시작하는 노래였다. 그런 네가 사랑스럽다고 말하는 노래 가사에 울컥해서 나는 그만 울어버리고 말았다. 갈색 눈동자가 맘에 드는 남자도 있구나 생각했다. 연애에 결정적인 한 방이 있다면, 우리에게는 그 노래가 그랬다. 그날 남편의 노래를 들으면서 아주 오랜 시간 품어온 외모 콤플렉스를 잊게 되었다.

나이를 먹고 어른이 되었음에도 불구하고 나는 여전히 잘 운다. 만화영화 둘리를 보다가도 엄마를 못 만나는 둘리가 안쓰러워서 울고, 동물원에 매여 있는 원숭이가 아이스크림을 주워 먹으려 애타는 것을 보다가도 불쌍해서 운다. 교실에선 아이가 해준 고마운 말 한 마디에도 울었고, 속상해하는 아이를 보면 다가가서 말을 걸다가 나도 모르게 같이 울어버리고는 했다. 어린 시절과 하나도 변하지 않고 여전히 눈물 많은 울보 김성효인 것이다.

하지만 이제 나는 그런 눈물 많은 내 자신이 싫지 않다. 눈물이 말라버린 세상에서 눈물을 간직하고 살아갈 수 있다는 게 가끔은 감사하기까지 하다. 갈색 눈도 싫지 않다. 오히려 이제는 내 트레이드 마크라고 생각한다. 웃을 때 쏙 들어가는 보조개도 맘에 든다. 다른 사람과 다른 나만의 고유한 아름다움이 있다고 믿는다. 그렇게 생각하고 나면 세상이 좀 더 따뜻하고 아름답게 느껴진다. 내가 어떤 프레임으로 세상을 보느냐에 따라 나의 세상은 아름답기도 하고, 불행하기도 하다는 것을 이해하기 때문이다.

얼마 전 나에게 '장학사'가 된 것이 지금의 성효샘에게는 약점이라는 말을 해준 이들이 있다. 책을 쓰는 것도, 강의를 하는 것도, 사람을 만나는 것도 장학사로서 하는 것과 교사로서 하는 것이 다르다는 뜻이면서 동시에 그만큼 내 역할이 줄어들었다는 말이기도 했다.

그러나 약점이란 때로는 강점이 되기도 한다.

지난 시간, 삶의 모토대로 살아왔다. 아이들과 학부모에게는 따뜻했다. 정치하듯 복잡하게 학교 안의 누군가에게 잘 보이려 애쓰지 않았다. 심플하게 아이들이나 학부모가 좋아하는 교사가 되려고 애썼다. 융통성이 없고, 어울리는 방법이 세련되지 못했을 뿐,

교사로서는 후회 없는 삶이었다.

신규교사 때 받은 첫 연수가 파워포인트 관련 연수였다. 주관하던 장학사는 참 친절한 이였다. 그에게 물었었다.

"어떻게 해야 장학사가 될 수 있나요?"

웃으면서 그가 대답하기를,

"신규교사 아니에요? 일단 애들 먼저 잘 가르치고, 그 다음에 생각해보는 게 어떨까요? 이렇게 질문하는 성의면 나중에는 장학사도 할 수 있을 거예요"

"장학사는 무슨 일을 하는데요?"

"이렇게 교사들을 돕죠."

집에 와서, 그 말을 백 번쯤 곱씹었다. 그 이후로 17년 동안 한 번도 변한 적 없던 꿈이 이제 현실이 되었다. 교사로서 최선을 다해 살아온 내가 새로운 길을 걷기 시작한 것이다. 장학사가 된 나에게 정책보다 교사가 먼저다. 좋은 교육과정보다도 교사가 먼저다. 이는 교사가 행복해야 아이들이 행복하기 때문이다.

아버지는 "우리 성효가 장학사가 되는 것을 살아있는 동안 보고 싶다"고 입버릇처럼 이야기했다. 그다지 말 잘 듣는 딸이 아니었던 내가 살면서 했던 모든 일 중 가장 잘 한 일이 아버지 가슴에 올해 장학사 발령장을 안겨드린 것이라고 생각한다.

04 • 다시, 길 위에 서다

 선생님들을 돕는, 그리고 그들이 힘들어 울고 있을 때 손을 잡아
주는 전문직이 될 것이다. 제도보다 사람이 우선인, 대한민국 교육
을 만들기 위해 헌신할 것이다. 따뜻하고, 심플하게, 후회 없이.

에필로그

Epilogue

일러스트 | 참쌤스쿨 배은혜샘

교사들 사이에 흐르는 침묵의 강이
점점 좁아질 수 있다면 정말 좋겠습니다.

교실이라는 강에
노둣돌을 놓으며

　　가끔 아침에 한 번 문을 닫으면 하루 종일 열리지
않는 옆 교실이 궁금했습니다. 옆 반에서는 무슨 일이 벌어지는지
궁금해서 가만히 들여다보면 그곳에서는 또 나름대로의 재미있는
세상이 펼쳐져 있곤 했습니다. 아이들의 웃음소리가 들리고 선생
님의 재미있게 설명하는 소리가 들리는 그곳은 우리 교실과는 또
다른 하나의 세계였습니다.

　　그런데 교실과 교실은 너무 멀리 떨어져 있었습니다. 그리고 그
사이에는 침묵의 강이 흐르고 있었습니다. 다른 교실에서 벌어지
는 일은 오로지 남의 일이라고 생각하여 너무나 관심이 없었던 것
이지요. 저 역시 그러했습니다. 내게 닥친 일만도 벅차 다른 사람

일에는 관심이 없었습니다. 그랬던 제가 다른 선생님에게 관심을 갖게 되었던 것에는 작은 계기가 있습니다.

오래 전 학부모 민원 문제로 너무 힘들어서 무너져 내리고 있을 때였습니다. 지쳐서 찾아간 어느 교실에서 이야기를 가만히 들어준 한 선배 선생님이 이렇게 말하였습니다.

"성효야, 힘들지?"

그 때 그 말이 어찌나 따뜻하던지요. 그 선생님은 제 손을 잡고 울어주었습니다. 아무 이유 없이 그 어떤 조건도 없이 그저 같은 동료 교사라는 이유로 함께 흘렸던 그날의 눈물을 저는 지금도 잊지 못합니다. 그건 눈물이 아니라, 따뜻한 위로였기 때문입니다.

그때부터 저는 누군가 울고 있을 때 같이 울어주는 사람이 되고 싶었습니다. 그 사람의 손을 잡아주고, 괜찮냐고 물어봐주는 사람이 되고 싶었습니다. 제가 겪었던 크고 작은 실수들을 누군가가 다시 겪지 않도록 이야기해주고 싶었습니다. 그것이 제게는 세 권의 멘토링 시리즈 도서들(《학급경영 멘토링》, 《기적의 수업멘토링》, 《행복한 진로교육멘토링》)이었습니다.

언젠가 기회가 되면 꼭 우리 교실의 크고 작은 소소한 이야기들을 들려주고 싶었습니다. 교사로서 제가 실수하고 좌절했던 이야기도 말해주고 싶었습니다. 그래서 멘토링 시리즈에서 하듯이 하나부터 열까지 짚어가며 설명하는 것 말고 친한 친구 혹은 가까운 선배가 소곤소곤 이야기하듯이 편하고 따뜻한 글로 독자들에게 다가가고 싶었습니다.

그런 이야기를 담은 이 책이 선생님들의 교실과 교실 사이에 놓이는 노둣돌이기를 바랍니다.

그래서 '아, 이 교실에서도 이런 일이 있었구나!'라고, 읽는 선생님들이 생각할 수 있으면 좋겠습니다. 다른 선생님의 교실에서 있었던 이야기는 곧 내게도 있을 수 있는, 어쩌면 이미 겪은 이야기일 수도 있으니까요. 그런 우리 사이의 작은 공감대가 넓어져 교사들 사이에 흐르는 침묵의 강이 점점 좁아질 수 있다면 정말 좋겠습니다.

울면서 쓴 원고도 더러 있고 부끄러운 부분도 많지만, 이 모두가 제 삶의 단편들이니 따뜻한 애정을 담아 교실과 교실 사이의 노둣돌로 세상 속에 가만히 내려놓습니다.

바쁜 시간 기꺼이 쪼개어 원고를 최종 교정해주신 전라북도 김승환 교육감님께 가슴 깊이 감사합니다. 그 섬세하고 따뜻한 손길 덕분에 책의 완성도가 더욱 높아졌습니다.

끝으로 이번 책의 모든 삽화를 그려주신 참쌤스쿨의 선생님들에게 깊은 감사를 전합니다. 그들의 손길이 더해졌기 때문에 책이 더 따뜻해졌습니다. 진심으로 고맙습니다.

언제나 사랑으로 함께하는 가족들과 친구들, 그리고 성효샘을 사랑해주는 독자 모두에게 감사의 인사를 보냅니다. 여러 사정으로 다섯 번째 책이 늦어진 점 미안해요. 대신 다음 책은 더 멋지고 따뜻하게 만나 뵐게요. ^^ 무엇보다 작가로서의 삶에 대한 희망을 주신 하나님, 감사합니다. 사랑합니다.

2015년 9월
다섯 번째 책을 세상에 내놓으며
성효 샘 씀

이 도서의 국립중앙도서관 출판시도서목록(CIP)은
서지정보유통지원시스템 홈페이지(http://seoji.nl.go.kr)와
국가자료공동목록시스템(http://www.nl.go.kr/kolisnet)에서
이용하실 수 있습니다. (CIP제어번호 : CIP2015023517)

선생 하기 싫은 날

2015년 9월 18일 초판 1쇄 발행
2019년 5월 14일 초판 4쇄 발행

지은이 | 김성효
펴낸이 | 이형세
디자인 | 기민주
제목 캘리그래피 · 일러스트레이션 | 참쌤스쿨
인쇄 · 제본 | 두성 P&L
펴낸곳 | 테크빌교육(주)
주소 | 서울시 강남구 언주로 551, 프라자빌딩 5층, 8층
전화 | 02-3442-7783(333)
팩스 | 02-3442-7793

ISBN | 978-89-93879-75-9
정가 13,000원